U0024883

時光絮語

王秀蘭 著

自序　凝望

從小我就是一個安靜不多話的小孩，當大人們在聊天的時候，我總是在一旁靜靜地聽著，不插嘴，默記於心，然後自編自導一齣劇，寫在日記本裡，我想，那應是我與文字結緣的初始，上了高中與大學之後，由於課業繁重，曾斷斷續續地寫過日記，前前後後也有好幾本了。後因結婚生子，家庭、工作兩頭忙，筆就愈來愈怠惰了，文字也就慢慢走離了我生命中的軌道。

人生千迴百轉，在年過半百之際遍嚐人生重大頓挫與苦難，身處孤寂之中的我，在一個被悲傷鎖住的屋子裡猶如籠中困獸。一天，朋友送了我一本書《老得好優雅》，鼓勵我閱讀並試著用文字抒發心情，當我重拾書本把文字找了回來，肩頭上的枷鎖與束縛盡失，年少時的感動與召喚竟奇蹟似的在生命裡又活了過來。

作家郭強生在書中如此描述：「所以某種程度來說，寫作也是生存的手段，怕自己有一天被這個世界徹底改變，忘了自己曾經那樣熾熱，也那樣寂寞，再沒有了自己的聲音。」二〇一六年在朋友的鼓勵與上帝的帶領下，我又回到青青校園與文學相濡以沫，重拾人生願景。這十多年來，我於台北韞玉書院、屏東大學與嘉義中正大學來回穿梭的軌跡，帶給我源源不絕的創作力，這才發現生命中的某些創傷、回憶與滄桑悲憫之情，是寫作最佳的養分與素材，文字成了療癒身心的最佳心理諮商師，它讓自己與心靈有了更深刻的連結，面對人生的波折有了更多的醒悟與智慧。

就讀屏東大學中文研究所期間，我開始嘗試散文創作，一寸一寸地把自己從絕望的深淵裡拉拔出來。屏大畢業後出版了第一本散文書《時光裡的小河流》，並於二〇二一年報考中正大學台文創應所，那一片芳美無垠的校園，給了我無限遼闊的想像空間與創作靈感，往事如滔滔浪潮般不斷湧現，於是我又一篇篇地寫了下來，集結成了第二本散文書《時光絮語》。

創作主題共分四輯，輯一「漫卷心情」書寫的是童年的如煙往事與面對摯親相繼離世的傷懷與思念。輯二「浮光掠影」書寫大千世界中所有相遇過的人與事，有祝福與珍惜。輯三「冷井情深」：從愛與別離的過程中學習成長與自我療癒，蓄積內在能量，讓自己成為一個更好的人。輯四「歲月拾掇」描繪大自然茫茫漠漠，悠悠蕩蕩的寬闊歲月，行走其間，步步都是慎重。

《時光絮語》為筆者進入耳順之年對生命最深沉的感悟與祝福。書中記錄的是家族故事與對時光深情的注視，有人世的無常、引人會心的趣味、溫馨感人的生活點滴與愛情的無措與沮喪，隨手拈來，彷彿只是一種記憶的安置，許多不捨與珍惜都在文字裡被撫慰了。

花甲之歲筆耕阡陌，不為什麼，只求內心安穩。我在文字天地覓一方天堂，當晨星初熠，曾經蒼白枯寂的歲月，便成為高漲的火焰，光耀在我未來的道路上。歲月的鏡頭下，記錄的是一個個生命的故事，無論歡笑或淚水，都是自己深刻的體悟。《時光絮語》通過故事的串聯和情感的抒發，勾勒出時間的軌跡和人生的深刻體驗，用文字梳理化為篇章，無論歡笑或淚水，都是心靈的寄託與撫慰。歲月多舛，雲月依舊，在逐漸老去的時光裡，幸有文字相伴，療癒身心，讓人生餘韻無窮。

感謝一路走來陪伴在我身邊為我加油打氣，不斷鼓勵我的家人、朋友與師長，當然更要感謝在百忙之中為我寫推薦語的琹涵老師，不但在寫作與出版的過程中給予我許多寶貴意見與指引，並不吝分享她的藝文之路，讓我獲益良多，在此獻上真摯的感謝與祝福。

另外要感謝攝影師鐘東楠慷慨借圖，他的每一張作品都是一則心情故事，當按下快門的瞬間，故事的樣貌就已建構成形。

最後要感謝那些從未謀面的讀者，因為你們的支持，我才能繼續不斷地寫下去，謝謝你們願意閱讀我的文字。

目錄

輯二　浮光掠影

輯三　冷井情深

輯四　歲月拾掇

輯一　漫卷心情

曲終人未散

陰雨綿綿的天氣終於放晴，太陽從雲縫露臉，釋放出一束一束和煦的陽光。我在廚房悠閒地準備著母子二人的午餐，這是一個週末的早晨，孩子還睡著。客廳大片窗景，透著窗外天空那一片湛藍，遠山在雲朵裡飄渺，天是闊的，靜的，時間好似靜止。

我斟了一盞茶，坐在窗前的臥榻上，Kevin Kern的鋼琴樂曲瀰漫在這一片靜穆中，思緒隨著樂曲回到十五年前的高醫病房——罹患胃癌的先生剛開完刀，虛弱地躺在病床上，女兒、女婿放下工作從北部趕回來，他們帶來這張CD在病房中播放，輕柔的鋼琴旋律，迴旋在冰冷的空間裡，帶來一絲絲暖意，消弭了憂傷的情緒。然而，我隱隱知道，他留在人世的時間已經不多了。如今他的影像，隨著音樂清晰地在我眼前晃動著，彷彿他從來沒有離開過這個家。

「媽，我們今天中午吃什麼？」兒子睡眼惺忪地從房間走出來。我趕緊用手抹抹眼睛，理了理情緒，笑著說：「有你愛吃的紅燒牛肉啊。」兒子從小就喜歡各式美食，無論山珍海味或路邊小吃都不挑剔，但似乎牛肉最能滿足他的味蕾。「那就讓我來燒好了，最近剛從網路上學了一道紅咖哩燉牛腩，你回高雄的時候，我經常煮一鍋吃個三、五天，你嚐嚐看，保證風味獨特讓人讚不絕口。」他得意地說著，走進了廚房。

先生去世的時候，他正準備去讀研究所，告別式結束的那天晚上，母子倆安靜地坐在客廳，他低著頭，小心翼翼地問：「媽，爸爸走了，家裡還有錢讓我繼續讀書嗎？」瞬間我的眼眶就紅了起來，心縮成緊緊的一個結。「錢的事，媽媽會想辦法，你只管用功讀書。」他吸了吸鼻涕，拉著我的手說：「研究所畢業當完兵，我就能開始賺錢養家了，生活應該不成問題。」這番話一下子又惹得我淚眼婆娑起來，彷彿生命在深深的絕望裡又重新有了依託，不再孤單。

「啊！糟糕，冰箱沒有生薑了，可以幫我去市場買一些嗎？我先去準備其他配料，若有蒜頭也帶一些回來喔。」看著廚房裡身手俐落的他，有一種難言的悲喜突然在心口翻湧，從前總在身邊跟前跟後的小男孩，此刻是真的長大了。人生的路很難，但總有一方世界為我們預備了生存的空間，只要我們願意邁開腳步勇敢向前。

背影

春天的午後一群好友開車為尋訪山中一處清幽之地《清靜莊園》而去。這間位於三地門半山腰上的咖啡館，座落在群山懷抱裡，放眼望去，有綿渺孤秀的山巒，有脈脈四去的山路與溪水，「清靜莊園」像沈緬在一個如詩如畫的夢境裡，讓人心醉神迷。

咖啡館的外面是一個大庭園，四周闢成了美麗的花圃，一株株綠樹，枝葉葳蕤，山風一吹，萬般姿態，千種風情，盡入眼底，好不迷人。一朵朵嬌豔的花兒，開在梢頭上，馥馥郁郁，在薄霧山嵐裡，展現的又是另一種風華了！

庭院四周設置有木製的咖啡座，給喜歡沈浸在這一片煙霧繚繞、蓊鬱山景的遊客，或思或想，放鬆心緒的寧靜空間，我想，美的極境也不過就是那一份難得的平淡安然吧！早春的山裡，山風一吹，略顯涼意，我們趕緊進入屋內，選了櫃檯前一處有大片窗景的沙發區。濃郁的咖啡香與浪漫的bossa nova音樂，輕柔流洩在小屋裡，舒人心懷。朋友興奮地大叫：「這也太浪漫了吧！」

煦煦暖暖的春陽自窗台漫進，灑落一室溫馨，窗外枝椏葉脈的光影，映照在桌面上，像從紛華嘈雜的歲月中，澄鍊出來的一份寧靜與安然，讓人渾然忘了所有的煩憂。朋友幫我點了一份蜜糖吐司，搭配著淋在吐司上的巧克力醬與旁邊一大球的香草冰淇淋，再加上一杯紅豆牛奶，我的心與口，滿溢著大大的幸福，我想，美好人生也不過如此吧！

此時有一中年男子來櫃台點餐，茂密花白的頭髮，結實精壯的好身材，從背後看過去覺得好眼熟，當他點完餐轉身離去的瞬間，我差點驚叫出聲——高挺的鼻樑、俊逸的劍眉、花白濃密的髮絲、細小的眼睛、獨樹一幟的衣著風格，甚至眼角的魚尾紋，都彷如你的再現。我目不轉睛的呆望著，一時之間百感交集，傷痛莫名。朋友問：「怎麼了？」

「他很像我去世多年的先生，不只五官輪廓、身形相去不遠，連氣質都有著濃濃的書卷氣……」我的眼神不由自主地飄向窗外，此時，他正在庭園裡漫步，瀏覽著眼前一片翠綠山景。當時也不知哪來的勇氣，拿了手機就往外衝，我悄悄走到他的身旁，故作鎮定的問：「請問可以幫你拍一張照片嗎？你跟我大哥長得很像……」這是什麼鬼理由啊？我已經嚇得語無倫次，不知道自己說了些什麼。

他咧嘴笑了笑說：「喔，是嗎？」。朋友見狀連忙從屋內跑出來：「讓我來幫你們合拍一張吧。」回到咖啡屋內，我望著手機中的照片，沈思不語，窗外的陽光正閃耀著絢麗的光彩，我想著你，我和你的確真實地擁有過這燦亮的幸福時光啊！

一場不經意的遇見，隔著迢遙時空，凝成了一幅靜止的畫面，在心中留下了永恆的回憶。

夕陽緩緩落下，晚空帶走了暮靄裡最後一抹殘紅，我們起身告別了清靜莊園，暮色在山裡來得特別早，不一會兒，月華已灑滿枝頭，我們循著蜿蜒山路，在月色裡驅車下了山。此刻，我卻有著微微燙炙的心傷！

「鴻雁不堪愁裡聽，雲山況是客中過。」人生如過客，苦樂如浮雲，生命破網，各自補綴，是珍寶是敝屣，都是歷練，走過了也就懂得了珍惜。放下網罟，悠遊有情天地，留一分清醒，留一分癲狂，其他的就留在記憶之外吧！

黃昏的天空

這些年以來，朋友看見光鮮亮麗、自信滿滿的妳，總會問：「當時怎麼走過來的？」十多年前的一段往事，如今已幾度春秋，那親手栽種的記憶，如晚春時節的木棉花，柔柔淡淡，喜也放下，悲也放下。

俗話說：「少年夫妻老來伴。」先生的身體一向健朗，總認為等到孩子大了他退休了，倆個人就有足夠的自由歲月可以四處走走，過一個安逸的晚年，渠料因工作壓力過大，致使身體勞損，罹患惡疾而至藥石罔效。

先生罹癌期間，兩個孩子均在外地工作與求學，唯一陪伴身邊的是一隻養了十二年的西施犬，卻毫無預警地因糖尿病引發多重器官衰竭先行離去，一個月後先生也不敵病魔猝逝。前後短短兩個月的時間，妳歷經了讓人慟哭不已的生離死別，情緒像空巢敗絮，那無所不在的孤寂，是一種倖存者的孤單。「頻有哀禍，悲摧切割，不能自勝。」寫的不就是自己的心情嗎？

告別式結束後，兩個孩子又各自回到職場與學校，空盪盪的家就只剩下了自己一個人。妳把自己關在家裡，許多天都不願出門，擔心別人看見妳憔悴的樣子，說一些安慰的話。女兒不放心，把妳接回了新竹同住。她買了一台小筆電，教妳如何上網並替妳報名了美語補習班，讓妳打發白天過多無聊的時間，到了假日就開車帶妳去戶外走走，心想，如此緊湊的生活步調，妳應該沒有時間再胡思亂想了。

然而，女兒貼心的關懷依然無法讓妳真正從苦痛中超脫出來，那種無以名狀的傷感，是空虛是厭世，它持續不斷地在內心翻騰，女兒時刻隨著妳的情緒起伏，過著不安的日子。

妳經常一個人莫名的哭泣，日復一日地在惶恐與孤寂中悒悶不安，生命彷彿陷入了逃無可逃的網羅。妳離開人群，為自己造了一個繭，拒絕再看這世界一眼，卻又時刻在繭中掙扎著尋找出口，妳知道自己生病了，需要去看醫生。

一個春天的午後，妳獨自來到一間知名的精神科診所。

走進診間那幽黯的空間裡，一張張憂鬱的臉譜與似有若無的聲聲嘆息迎面而來，叫人怵然而驚，一種無法呼吸的窒息感，讓心情瞬間盪到了谷底。精神恍惚的妳坐在診療椅上，自述病情，醫生說這是憂鬱症的徵兆，接下來他編織了許多美麗的願景餵哺妳絕望的眼神，讓妳沉浸在他絢麗的願景裡，忘記現實生活中四面楚歌的困境。領完藥，妳看了看藥袋上的警語：嗜睡、口乾舌燥、心跳增加、排便或排尿困難、頭暈等症狀。心想，這麼多副作用能吃嗎？

離開診所，妳神情懨懨地走在一條開滿了木棉花的紅磚道上，熾紅熱烈的木棉花，正烈烈揚揚地宣告春天來了，妳問天，春天是真的來了嗎？天空沈默不語。從樹隙裡望天，湛藍的天空被濃蔭遮蔽，已看不見燦爛的陽光，妳這才想起自己正走在一條不見天日的人生路上，樹葉在風裡窸窸窣窣，全是自己的心聲。

接下來的日子裡，妳整日昏昏沈沈，像個半死不活的人，妳知道這是藥物的副作用，但不吃，日子過不下去。妳萬萬沒有想到，才捱過了半世的辛勞，竟在知命之年遭遇如此重大浩劫。家人的陪伴並不能使妳真正地從悲慟中超脫出來，妳的心情始終是孤單而自哀的。

一天，讀到聖經上的一段話：「若有人在基督裡，他就是新造的人，舊事已過，都變成新的了。」妳不禁痛哭失聲。妳把藥袋丟進了垃圾桶，告訴自己，要從滿目瘡痍的人生中站起來，志氣滿懷地走下去。

妳又回到教會，傾聽上帝的話語，在神的恩典裡成為一個全新的人，更在家人與朋友的鼓勵下回到學校重拾書本，生命又活了過來，如今，多少遺憾與不捨，都在信仰與文字裡，撫慰了、消融了……

宿命

母親出嫁的那一天，外公無顏再見父親，一早就出了門，他瑟縮在鄉間小路的草叢裡，只為看母親最後一眼，當母親的花轎經過，他望著鑼鼓喧天的迎親隊伍，不禁在草叢裡痛哭失聲，他追趕著人群，直到母親的花轎在一片荒煙蔓草中，模糊成了一個看不清的點。他知道母親走了，這個家也散了，從此一家人將過著無從聞問的日子。

當時坐在花轎中的母親，心裡想的是什麼？外公因積欠賭債，把她賣給城裡一個從未謀面的男人，這男人的長相、個性，她一無所知，他會善待一個從小沒有母親的女孩嗎？或是自己一生的幸福，從此就斷送在父親的手中？

母親在一路顛簸中，忽聞花轎外此起彼落的喧鬧聲，她從轎簾的縫隙裡偷望，這才明白過來，她早已到了城裡父親的家了。

母親七歲喪母，從小跟在太婆身邊長大，以賣菜維生。外公不爭氣，整日只知喝酒買醉靠行乞度日，她與外公之間，自小就隔著一條永遠無法填補的鴻溝，無法相依，只能遙望。

母親出嫁後，外公經常藉故行乞至母親的家門口，只為了看母親一眼跟母親說說話，此時若適逢奶奶在家就會把外公攆走，「去去去，到別處去。」連一旁的父親都不敢吭聲，若碰巧奶奶外出，父親就會請外公進來歇歇腿喝喝茶，讓他和母親說說話，臨走時母親會包一些飯菜給外公帶走，順道塞給他一點零花錢。

「丫頭，爸爸對不起妳啊！」外公離去時總是淚眼婆娑，對母親重覆說著相同的這句話。但母親不怪外公，她知道跟著外公餐風露宿永遠沒有明天，嫁給父親，再不濟也能有一口飯吃，這是她活著的唯一指望。

一年冬天，外公因酗酒陳屍於街頭，但母親已經哭不出聲了。母親依舊只能往前走，她知道，無論走到哪裡，都只能認命。

父親的打鐵舖位在外秦淮河，緊臨中華門的掃帚巷，二〇一八年夏天，我回到南京老家，中華門外蓊蓊鬱鬱的梧桐樹像一把綠色大傘，撐起一片濃蔭，暮色裡，我走在母親熟悉的街景裡，彷彿隱隱約約看見，梧桐樹下母親滄涼的身影，我望著矗立在街衢的「掃帚巷」三個字，眼淚就不自覺地流了下來。

當年父親給了母親一方無限開闊的天地，然而，外公孤苦無依驟逝街頭，讓母親自責不已，母親的心眼彷彿被一團迷霧遮掩，始終走不出心中那扇自囚的窗口……

母親織的毛衣

寒流一波接著一波，冷冽的寒風讓人直打哆嗦，每次外出我習慣在大衣裡面再加一件毛衣保暖。衣櫃裡一件紫紅色長袖毛衣，多年來我一直保留著，這是當年北上唸書，母親特地連夜為我織的，雖然樣式略顯老舊，卻是我心中的無價之寶，是再多的金錢也換不回的真情回憶。

記得當年母親送我上火車時說的話：「台北的冬天特別濕冷，學校又在山上，上學時把毛衣加在外套裡就暖和多了，一個人出門在外可不要著涼感冒了，有空常寫信回家，讓媽媽知道妳平安。」我點點頭，卻哽咽說不出話來。從小我就沒離開過家鄉，想到這一去要等學期結束才能再見到家人，眼淚就撲簌簌地滾落下來。

坐在車廂裡望著月台上的母親，我頻頻拭淚，不捨地揮手說：「媽媽，您快回家吧！」母親聽了，不說話，卻流下淚來。那是我一生中最難忘的記憶。

小時候生活貧困，父母常因家用支絀而借貸，母親得用盡心力盤算著一家子的生活，當年這買毛線的錢，應是母親日日省吃儉用辛苦存下來的。從小父母就沒讓我們受凍挨餓過，但是那個年紀的我，懵懂中隱約知道，要維持一個家是多麼地不容易。

母親織的毛衣伴隨著我度過無數個寒冬，一直到結婚生子，我始終珍藏著捨不得丟，朋友總愛取笑我，說我怎麼老愛穿這一件過時的毛衣，市面上新穎時髦的款式那麼多，為什麼不去再買一件呢？我總是笑而不答，他們哪裡知道這毛衣獨一無二的款式是母親當年辛苦為我織的，市面上可買不到呢！

記得一年大年初二，我特地穿著這一件紫紅色毛衣回娘家，母親見到後萬分驚喜地問：「這麼多年了，妳還保留著啊，這還是妳當年去台北唸書，媽媽連夜趕工織的，如今這款式不流行了，去重新買一件吧！媽媽老了，眼力不比從前，要不然就幫妳再織一件了。」迎著窗外微弱的陽光，看見母親鬢角一撮花白的髮絲，發現母親是真的老了。

一年夏天，我得了急性肝炎，母親不放心，將我和年幼的孩子接去家中療養，每天無微不至地照顧著我們母子，一直到完全痊癒了，才放心讓我回家。母親還經常在我回娘家時，做了包子饅頭和家鄉菜讓我帶回去解饞。當年我們忙著工作與家庭，回娘家總是來去匆匆，始終沒有時間去好好陪伴寂寞且病弱體衰的母親，待孩子大了不需要我們照顧時，母親已仙逝。

我常自問，母親在世時，是否真心為母親做過什麼事？尤其在父親去世後的這麼多年，是否真正關懷過母親一個人的孤單？每思及此，鼻子一酸，眼淚就不可遏止地流了下來。原來在人生中，只有當真正失去時，才驚覺所有的愛都是稍縱即逝且無法彌補的啊！

打開衣櫥，看著這件老舊毛衣，彷彿看見當年母親坐在昏黃燈盞下，一針一線織就的愛與叮嚀，如今父母仙逝，眷村亦隨著歲月走入歷史，我到哪兒找回失落的過去？

母親的旗袍

翻開老舊相簿，照片中的母親總是穿著一身剪裁合宜，不同花色與款式的旗袍，母親有一雙巧手，衣櫥裡的旗袍都是她親手縫製的，連衣襟上細緻精巧的盤扣都不假手於他人。童年的印象中，母親出門總是一襲旗袍，從衣櫥裡拿出來，還飄盪著一股濃郁的沉香味。母親喜歡將頭髮刮得蓬蓬鬆鬆的，然後梳成一個包頭，再摘幾朵茉莉或桂花包在手絹裡，淡淡的花香在靜街小巷自成一縷風，一個過往的童年時光驀然勾勒在眼前。

走進一間懷舊照相館，妳從掛著多款民初服飾的衣架上選了一襲素色淡雅的旗袍，然後將長髮挽起，對著鏡子梳起母親年輕時候的包頭。整理好妝容，妳隨著攝影師走進一條靜謐的窄巷仄弄，紅磚牆灰瓦片、石板小路、木製的窗櫺與大門，頗有幾分老眷村的情致。妳抬頭望向遠方，往事如潮水般湧入，泛起層層漣漪，攝影師對好焦聚，說：「很好，就維持這樣的姿勢。」

按下快門的瞬間，妳莫名地聞到了一股引人的暗香，是茉莉混合著桂花的香氣，真的是母親回來了嗎？走在這四周闃寂無聲的巷弄裡，彷彿走進了一個既熟悉又陌生的年代裡，而妳與母親跨越時空在此瞬間相遇了。

想起童年的記憶：與母親坐三輪車去看電影，寒暑假搭火車去台中的姨媽家，以及，父母相偕出外訪友……等等，母親總是一件旗袍套上就走，彷彿在那個年代的母親們，旗袍是最時髦最端莊的服飾，衣櫥裡只要備上幾件，就能應付各種場合，穿上旗袍的母親，有一種不可動搖的自信與尊嚴。

「走，我們再去下一個場景。」攝影助理順手遞給妳一把古樸小扇與繡花傘，拿在手中行走，瞬間身形婀娜多姿的母親便上了身。你們穿越一條小徑巷弄，來到一棟大戶人家的宅院，一旁的老榕樹蓊蓊鬱鬱，鬚根在微風中擺盪著，像小時候家中門簾的流蘇。在那物資匱乏的年代裡，這樣的大宅大院可是有錢人家才住得起的房舍，與眷村的簡陋瓦房，有如天壤之別。

年少時，年輕的父母曾經帶著你們坐車去左營的將軍村遊玩，村裡家家戶戶庭院深深，牆頭上隱隱透出高大繁茂的老榕樹，母親說這裡住的大都是高級將領，出入都有軍車接送。路經一戶人家，院落裡的土芒果正滿樹搖香，當時幾個好奇寶寶在圍牆邊跳呀跳的，想一探院內究竟，妹妹還爬上哥哥的肩頭，哇啦哇啦地大叫：「好大的院子，好大的房子呀……」。如今，左營將軍村已被政府改建成了文化園區，供遊客緬懷六〇年代的眷村風情。當時全家在將軍村留下的幾張黑白照片，在老相簿裡已泛黃起了毛邊，穿著旗袍的母親風姿綽約柔美動人，幾個小蘿蔔頭站在旁邊，反倒成了陪襯的道具。

直到夕陽從天際漫來，拍照工作才結束，一場安靜簡遠的夢，滿是歲月的履痕。往事如舟子漸行漸遠，童稚歲月已隨浮雲而去，妳在回憶中尋找母親留下的身影，如真似幻，迷迷離離！

父親的愛

父親年輕時是一名手藝精湛的鐵匠，與母親在南京城裡開了一間打鐵鋪，後因國共內戰隨著金陵兵工廠渡海來台。在我成長的歲月中，父親總是為了一家子的溫飽日以繼夜不停地工作，父親沒讀過書，不識字，手卻是巧的，舉凡家中的鐵盆、鐵桶、畚箕、煙囪等等鐵製品，他都能做，做好了就賣給左鄰右舍，由於手工精細，生意還不錯，家裡的地上到處都是鐵片、洋釘，走路得小心翼翼。

在兵工廠上班的父親，下班回家就成了打鐵匠，每天工作到深夜才休息。一次我夜裡醒來，在闃寂的暗夜中聽到父母的談話，母親為吃緊的家用憂心：「雜貨店的老張昨天來催賒帳了，還有跟隔壁老梁借的錢也已經兩個月了，老大老二的鞋底都張了口——」母親說到這裡便噎住了。父親僵在椅子上，雙眉緊蹙，呆呆地看著天花板發怔，半晌，才開口說：「以後再多接一點活來幹就行，我身體還挺得住，你別難過了。」父親知道他是家中的頂樑柱，這個家得靠他頂著，縱使眼前有千山萬壑，也要挺直了腰桿繼續走下去，一旁的我聞言，淚潸然直下。

一九六〇年代以後塑膠製品悄悄進入大眾的生活之中取代了鐵製品，父親的打鐵舖也就乏人問津了，捉襟見肘的日子，只能暫時靠賣糧票與借貸過活。父親殫精竭慮苦思對策，最後竟然想出了「西洋鏡」這個點子。父親先量好尺寸用木板做了一個木匣，然後在匣子正面裝上放大鏡，再將畫片放進木匣裡，前後轉動木柄，就可透過視孔看見放大的畫片。父親每天下班回家，晚飯過後便騎著腳踏車，後座綁著「西洋鏡」的木匣去大街上做生意，回到家已是深夜時分，我們早已入睡，只有母親一人坐在暗黑的客廳為父親等門，其實「西洋鏡」的生意一個晚上也賺不了幾個錢，對窘困的家境實在幫助不大。

一天晚上，父親回家時手中抱著一包東西，神秘兮兮地把母親叫進房間，我躲在門簾外偷聽：「上次不是跟你提過隔壁擺攤的老張嗎？我總覺得奇怪，為什麼他的攤子每天人潮不歇，而我的卻只有小貓兩三隻，今天問了老張才知道原來是畫片的問題。老張說風景畫片吸引不了人，現在大家都喜歡看色情片，我問老張這要去哪裡買？老張說這可要熟人帶路才行，我們今天提早收了攤，老張領了我去幫我選了一些，我想明天應該能多賺一點錢回來。」

母親驚詫地望著父親：「這可是傷風害俗的事啊！萬一給左鄰右舍和孩子們知道了可怎麼是好？」父親低著頭，嚅嚅地說：「但日子總要過下去呀！先暫時做一陣子，以後再想其他的辦法。」小小年紀的我，這才知道要維持一個家是多麼地不容易。換了畫片的「西洋鏡」生意雖然變好了，但父親始終過不去自己心中的那道坎，沒多久就收攤不做了。當初若不是被窮日子逼到了角落，這種錢他是絕不會賺的，從此「西洋鏡」也就在我的童年生活中消失了蹤影。

隨著孩子慢慢長大，眷村的蝸舍陋室已不敷使用，家家戶戶開始籌錢整修擴建老房子。父親曾是一名打鐵匠，好手藝在村子裡無人不知，大家紛紛上門找父親翻修老舊房舍，於是父親又有了賺錢的機會。放假天父親會帶著哥哥去上工當小幫手，遞遞拿拿一些工具啊磚頭瓦片的。母親說工地危險不准我和妹妹跟著去，但我們可以在傍晚父親下工的時候去找他。形容勞悴的父親只要見了我們，就會開心地把我們抱起來不停地轉圈圈，彷彿所有的疲憊都一掃而空了。妹妹被父親扛在肩頭上，我的兩隻手，一手牽著父親，一手牽著哥哥，往回家的路走去，夕陽把我們的影子照得又瘦又長，生活擔子壓在父親的肩頭上好似千斤重，但在他焦黃疲倦的面容上卻永遠蕩漾著許多無名的快樂，那時候的生活雖然寒蹇，家卻充滿了幸福的味道。

在父親過世二十五週年的今天，憶及過往，回憶似一部倒帶影片，又重現在眼前。陳舊的老相簿裡，父親一逕地以他憨厚的表情面對鏡頭，從南京城到高雄港，從英姿勃發的少年郎到白髮皤然垂老之歲，面對人生中的挫折顛簸，父親總能安然處之樂觀以對，感激他給了我們一個溫馨且無憂的童年時光，如今所有回憶隨著父親的離去塵封入歲月的陶甕裡，如果有來世，願我們能角色互換，讓我用一生來好好疼惜您。

故鄉的歲月

父母是從山河破碎的時代裡走過來的一代，當年為了躲避戰亂跨海來到島嶼，成為困頓襤褸的新移民。

童年的記憶中，父母雖然日夜辛勤地工作，日子卻依舊捉襟見肘。我們的午餐永遠只有一碗豬油拌飯，到了晚餐，兩盤青菜和一塊豆腐乳是永遠不變的菜色。每天開飯的時候，父母總讓我們先吃，等到他們坐下來的時候，兩盤青菜只剩下了菜湯，他們拌著菜湯與豆腐乳，低頭扒飯的落寞身影，道盡了對歲月的惶恐與不安。

一家七口食指浩繁，有時候母親連買青菜的錢都沒有，只好去賣糧票或向隔壁的梁伯伯先預借一點現金應急，待父親隔月發餉時再償還。家裡的境況一直窘困無比，直到我上了初中，家中經濟才稍微有了改善，此時每天餐桌上的菜色就多了幾道青菜與荷包蛋，至於雞鴨魚肉通常是逢年過節，祭拜祖先才會有的奢侈享受，那是他們對先祖的敬畏與緬懷之意。

忘了家裡從什麼時候開始，已經不用煤球燒茶煮飯而改裝了瓦斯爐，之後家中又陸續添購了冰箱、電視、洗衣機……，顯然應是和哥哥姊姊出外工作改善了家中的經濟有關。成年後，我們因成家立業而離開了家鄉，當我們忙著自己的工作與家庭時，父母一轉眼也老去。

父親退休後得了失智症，母親一個人在照顧失智父親的漫長歲月裡，亦罹患了眼疾與心血管疾病，母親在體力上無法負荷，身形日漸消瘦，看了讓人不忍。大家考量雙親的健康與照護問題，曾多次建議父母能搬來與子女同住，但母親擔心行動不便的父親給子女添麻煩而婉拒。

好在我們與父母都居住在同一個城市裡，大家幾經商討，決議遷居至眷村附近，既節省時間，又可免舟車勞頓之苦，父母也不用擔心新環境的適應問題，尤其帶雙親去醫院看病變得相當方便，並且在醫生的診斷與解說下，對父母的病情可以有效地掌握到最新的資訊。

我們經常會帶著孩子回去探視父母，大家喜歡推著輪椅上的父親出去散步曬太陽，失智晚期父親已喪失認知功能，在他大腦的記憶中，我們彷彿又回到曾經的歲月時序裡成了他的小小孩。他經常把兒孫輩當成了年幼時的我們，總是開心地張著嘴想跟孩子們說話，但因語言能力退化，讓他只能在喉嚨發出「啊、啊、啊……」的聲音，不懂事的孩子們，見狀，一鬨而散，獨留輪椅上不知所措一臉茫然的父親，一旁的我，握著父親的手，不禁紅了眼眶。

母親燒得一手道地的江浙菜，每次回去，飯桌上幾乎都是大家最喜歡的菜餚，但父親因咀嚼功能的退化，吃飯時經常將菜飯撒得滿桌滿身都是，我們總是笑著說沒關係慢慢來，父親只以無邪的笑容看著你。我們知道父親的生命正慢慢地走向凋零，彷彿今生的繁華已逐漸褪去，只剩下了一些恍惚不清的記憶。

父親失智十年後，因器官衰竭離開了，然而，母親依舊堅持一個人住在眷村老宅裡，幾個手足經常輪流回家陪伴母親，直至母親因血癌去世。我們很欣慰在父母的晚年依然能承歡膝下，盡人子最後的孝道，如今當我眷顧往昔，父母的神情笑貌，依然在我心深處縈迴、蕩漾……

當年住著幾百戶人家的眷村與四圍一片豐饒的稻田，如今已成了聳入雲天的豪宅用地，而我們也正一步步走向人生的晚年，「歸去來兮，田園將蕪胡不歸」，天涯海角，故鄉的歲月，是我生命中最美好的回憶，如今我只能在回憶裡惦記著，那些曾經的故事。

歸鄉

二〇一八年暑假，姐妹三人與哥哥回大陸老家探親，我和二姊從台灣啟程，與在大陸工作的妹妹與哥哥在南京祿口機場會合。

由於班機誤點，我們抵達祿口機場已是下午四點，大陸親人早已在機場等候多時，出了關，一行人激動的相擁而泣。一九四九我們尚未出生，如今回鄉已雪滿白頭，一霎間，我們似乎都成了遲暮的歸人。

離開祿口機場上了高速道路，車窗外一棟棟摩登且現代化的大樓，在藍天裡顯得意氣風發，耀眼的陽光像給這座城市鍍上了一層金砂，讓人目眩神迷。

一路上，四個手足像好奇寶寶般的左顧右盼，不斷詢問，以前這裡是農田嗎？那裡是村莊嗎？堂弟邊開車邊為我們指點迷津：喏，你們看左手邊的這塊地以前是一片荒塚，戰亂時一些無名屍或窮苦人家買不起棺木的，屍骨都埋葬在這裡，前面那幾棟新建的大樓從前是貧困的小農村叫「上石馬」，再過去就是奶奶與爺爺生前住的「下石馬村」。等一下會我們會經過城南一個具有數百年歷史的掃帚巷，從前你父親的打鐵舖就在那裡。我問：「中華門外的金陵兵工廠呢？」堂弟回：「別急，等一下車子經過再跟你說。」

日將落，車窗外天空正潑灑著絢爛的雲彩，車窗內眾人烈烈揚揚的歡聲笑語，一切的景象都在真幻中迷離著。

「山圍故國周遭在，潮打空城寂寞回。」劉禹錫筆下的南京古城，已隨煙嵐遠去蛻變成了一座現代化的大都市，如今朝代換了，世紀變了，歲月的滄桑早已隨風遠去，南京已從淳樸平實歷盡滄桑的歷史古城，蛻變成了奪人眼目的希望之都，詩人筆下含煙籠霧，帶著憂傷情懷的金陵古城已不復見。車子於傍晚時分，抵達了堂弟家。

堂嫂早已準備了一桌子的酒菜為我們接風，都是道地的南京菜，其中我最愛的依然是南京鹽水鴨，母親做的鹽水鴨特別好吃，那是小時候家裡在過年時候才會有的美味佳餚。

一桌豐盛的酒菜像是我小時候的年夜飯，如今菜香依舊四溢，笑語依舊盈盈，卻獨缺了老一輩的身影，堂弟與哥哥手中的香菸，一根接著一根，在煙霧繚繞中，我似乎看見了當年倉皇離鄉的父親與留在家鄉照顧奶奶的叔輩們，在我一驚一喜的情緒裡，他們是真的回來了嗎？

隔天清晨，大夥驅車上山祭祖，天色灰撲撲的，雨將落未落，我們跟隨著堂弟穿過一堆荒煙漫草沿著石階一路上坡，石磚道上縱橫著斑駁的滄桑，一群人走過，足音跫然。不多久在一狹仄只容一人立足的土石坡旁找到了親人的墳塚。幾個人挨挨擠擠站成一排，手持一炷香，當堂弟長長一聲唱著「拜——」時，大家紛紛跪下，此時，決堤的淚水在臉龐嘩嘩落下，天空亦開始飄著綿綿雨絲，更添悽悵，我們就那麼跪著，傾聽先人隱隱的耳語。

下了山，我們來到父母的舊居「掃帚巷」，兩岸分隔至今已七十多年，梧桐樹依舊在老家的巷道上開枝散葉，秦淮河依舊默默流淌著悠悠歲月，曼吟迴唱，餘韻不絕。此刻，你方才明白，你們是真的回到了老家。

父母在風華正茂的年歲，離開了家鄉，當年海上一艘艘疾行的船隻，在滾滾逝水裡有他們多少心酸的淚水？有他們多少的怨恨與不捨？如今回鄉之路，我能找回多少生命的悸動？那曾經深不見底的傷口，是否能在歷史的推浪中，不再有痛！

曾在書中看過這樣的一段話，讓人感傷莫名：「經歷過一些滄桑變化之後，或許才能知道，有一種遺憾叫回不去，有一種遺憾叫到不了。所有回不去的，令人悵惘。所有到不了的，令人悲傷。」老一輩的父母一生動盪，萬里飄零，最後帶著無盡的悲戚，遺憾地離開了，希望我們這一代人，能永遠遠離戰火，得以在平和的歲月中走過。

失智的悠悠歲月

婆婆從美國回來定居時已是中度失智了，家中請了外籍看護安娜照顧。一日早晨，我把孩子送到學校之後，開車帶婆婆去醫院的精神科回診，順便做一些例行檢查，醫生會根據病況調整藥物。出門時，我習慣帶著安娜一起隨行，當我的左右手。

婆婆行動不便，通常到了醫院門口我會讓她們先下車，然後再去路邊找停車位。高雄凱旋醫院是一所市立精神專科教學醫院，由於位在文化中心熱鬧商圈附近，停車位一位難求，我得張大一雙如鷹之眼大街小巷左彎右拐四處搜尋，若運氣好剛巧碰上正準備離開的車主，讓人喜出望外，否則就要過了鐵道停到隔街的凱旋路上，到醫院得走上一大段的路，炎炎夏日裡汗流浹背，真是苦不堪言。

走進看診區，婆婆與安娜在椅子上安靜地坐著，牆上亮著的號誌燈是四號，我們預約的是八號，看來還有半個鐘頭左右的時間要等。診外的幾排椅子上零散地坐著一些待診的老人。婆婆的右手邊坐著一對父女，女孩的模樣看起來像是腦性麻痺患者，旁邊的父親手上拎著一個陳舊不堪的包包，一雙沾滿塵土的布鞋，一身粗布衣服，看起來像是從鄉下來的，呆滯鬱悶的眼神，似乎藏著滿腹的心事。

安娜見我來了，挪出中間的座位，方便我與婆婆說話。不多久，婆婆右手邊的女孩起身要去洗手間，她走路時缺乏平衡感與肌肉的協調性，身體會不自覺地顫動。婆婆見了，眼睛一亮，像發現新大陸一樣，驚訝地跟我說：「這個女孩為什麼走起路來一拐一拐，眼歪嘴斜的，好奇怪啊！會不會是腦袋有問題？」

我驚出一身冷汗，嚇得趕緊出面制止，低聲附耳跟婆婆說：「媽，不要亂講，人家爸爸就坐在旁邊，聽了會很難過的。」婆婆馬上低著頭跟我說對不起，神情像一個做錯事的小孩。女孩父親一臉尷尬的表情僵在那裡，我趕緊連聲陪不是，女孩父親無可奈何地苦笑著，絲絲笑意裡看得出他的難堪。

一會兒女孩一步一蹶地從廁所方向走來，坐在椅子上的父親趕緊過去攙扶，婆婆見狀，立刻又精神矍鑠地指著女孩說：「她的腦袋一定有問題……。」婆婆的話像一陣寒風穿堂而過，讓人直打冷顫。

我深吸了一口氣，壓低聲量，板著臉說：「媽，這個女孩生病了，她是來看醫生的，您就不要再問了。」「生了什麼病？」她鍥而不捨，繼續追根究柢。生什麼病，就算我解釋了，您也聽不明白，就算聽明白了，一眨眼您就忘了。失智後，她無端走入恍惚迷離的世界，無厘頭的事情無時無刻上演著，讓人疲於奔命。

女孩沉默不語，眼神無辜地望著父親，父親輕輕拍著她的手說：「無代誌，無代誌。」我立刻轉頭帶著羞愧的神情跟女孩的父親解釋：「實在對不起，我婆婆有失智症，請您多包涵。」父親眉頭一逕深鎖，一副內傷累累的樣子。

我急急苦思要如何開發新的話題，來岔開婆婆的這個念頭，這時，婆婆忽又轉頭對著坐在旁邊女孩上下打量，然後不斷地自言自語：「真可憐啊，年紀輕輕的腦袋就壞了。」我簡直不知所措，真想找個地洞鑽下去，只好趕緊從中攔截：「媽，我們起來走動走動，活動一下筋骨好不好？。」正要起身時，號誌燈「叮咚」亮起了八號，Yeah，我比出勝利的手勢，感謝上帝，終於幫我解了圍。

從診間出來，號誌燈立刻切換成了九號，女孩與父親連忙起身往診間走去，擦身而過的瞬間，婆婆又急急拉著我的手說：「你看看，這女孩走路怎麼怪怪的？」我趕緊給安娜使了一個眼色，並朝廁所方向努了努嘴。

「媽，我先去拿藥，再開車來接妳們，安娜先帶您去上洗手間，等一下在醫院門口碰頭喔！」

一場尷尬的鬧劇終於結束，走在紅磚道上，女孩與婆婆的臉龐在我腦海中忽隱忽現，他們的明天在哪裡？接著扼抑不住的眼淚淌了一臉，不明就理的。

冬夜

傍晚騎車去健身房，時值交通顛峰，路上車流湍急，一名騎機車的男子突然停了下來，大剌剌地在馬路邊撒起尿來，路過的行人、車輛莫不看傻了眼。於是我彷彿又看見四十多年前的一個寒假，我與同學搭公路局夜車返鄉過年，在車上發生的一則往事。

記得當時車子才出發沒多久，一位老先生便因尿急懇求司機在大馬路上暫停，讓他下車小便。車上乘客，面面相覷，我和同學回頭望了一眼，後座一位神情憔悴、身形有些佝縮的老先生，正惶惶不安地望著窗外。

司機置若罔聞，老先生細聲細氣地再次哀求，車掌小姐斜了一眼，不耐煩地回：「大馬路上不方便停車，下一站很快就到了，您先忍一下吧！」大家便都不吱聲，司機關了燈，車內又恢復了寂靜。不多久，一陣咆哮聲自車後傳來：「我現在開始數到十，你若還不馬上停車，我就在車上小便，我說到做到，不信，試試看，幹！」他氣急敗壞地髒話一路飆，他的無措讓情緒徹底失控，像行駛在黑夜裡一輛煞車失靈的老舊貨車。

瞬間，車子如急風中的火焰一般「咻——」地一聲，在馬路邊停了下來。車掌小姐趕緊迎上去攙他，直說對不起、對不起。

大家紛紛把頭伸出窗外，地上很快就洇出了一團水跡。看著他清癯的背影，我彷彿預見了父親的蒼老之境，當我想像著他未來如此艱難的日子，心情就無端地沈重了起來。原來生命的老化，不單單是臉上增加幾條皺紋與步履蹣跚而已，還有那原本生活中最簡單的事情，成了不可言說的傷痛。

他腳步踉蹌地上了車，原本忿怒的眼神，著上了無地自容的窘態，他低頭避開眾人的目光回到座位上。車掌小姐做了個手勢，司機關了車門繼續上路。闃暗的台北街頭一逕清冷，灰濛濛的天光與呼呼價響的北風，讓冷冽的冬季沉重如一首哀傷的輓歌。

多年後，父親老了，行動不便加上輕微失智，經常坐在輪椅上就尿屎一身，不知所措的父親總是一臉尷尬不斷地說著：「真的不好意思啊！」我噙著淚水望著父親，或許，沒有真正走到這一步，我們很難體會老年的那一種失落與無措。

「花有重開日，人無再少年」，原來生命的衰老，是帝王將相也逃躲不過的浩劫啊！

度歲有感

快過年了，街頭熙來攘往的人群，琳琅滿目的年貨，讓我懷念起童年一家人團圓歲宴的除夕夜。

小時候家境窘困，父母的手上更是拮据不堪，但對家鄉過年的習俗依舊十分重視，因此一到臘月，母親就會醃製各種臘味，然後繫上紅繩吊曬在牆頭的竹竿上，曬乾後貯存起來，一家人可以吃上好幾個月。早年的台灣普遍經濟狀況並不富裕，走過兵荒馬亂的老一代對食物的儲備，是他們心中不可言說的心酸。吊曬在屋外牆頭上一串串的香腸臘肉，天黑了，母親就要收進家裡掛放，否則容易被野貓偷吃了，我和妹妹經常呆望著竹竿上長串的臘味口水猛流，母親看了笑著說：「別嘴饞，再忍耐幾天就過年了。」

父母是南京人，什錦菜為南京的特色素菜，因此過年時候，素什錦是家裡必備的一道家鄉菜，母親細切細炒的什錦菜裡，有芹菜、木耳、香菇、豆乾、豆皮、黃豆芽、薑絲、紅蘿蔔，雪裡紅，金針菇等食材，炒上一大盤，留著過年期間慢慢吃，母親說，什錦菜是「和順長久」之意，期待新的一年吉祥如意。

母親也會做年糕，一粒粒的糯米被石磨碾磨成了白色米漿之後裝在麵粉袋子裡，用繩子綁緊吊在竹竿上瀝乾水份，凝結後放在大蒸籠裡用旺火去蒸，出爐後就成了香氣四溢的年糕。

「年糕」代表「年年高升，事事順心」，它不但是除夕祭祀的供品，也是我們過年最愛吃的一道點心，母親把年糕切成小塊，然後裹上一層麵糊，放進鍋子裡用油煎的酥酥脆脆，那金黃色酥皮裡香軟彈牙的好滋味至今依然讓人難忘。

除夕當天，母親要包上百個水餃，俗語說：「窮過年，富過年，不吃餃子沒過年」，母親包餃子時，還會把錢幣包進去，誰吃到了，代表著新的一年財源滾滾，因此除夕夜，午夜十二點水餃端上桌的那一刻，大家就特別興奮，還會比賽誰拿到的錢幣最多。

在母親忙著除夕年夜飯的時候，我們幾個孩子便在客廳摺疊祭拜祖先的紙錢與元寶，父親則是搬來一張桌子，鋪了紅紙當作桌案，擺上幾盤祭拜的水果與香燭，香爐是用一個小玻璃杯裝上米，插上三支香，蠟燭下面墊上一小塊紅紙代表燭台，這祭祀禮器雖然簡陋，卻是我們對天地萬物的感謝與珍惜。等飯菜依序擺上，點上香燭，父母便領著我們俯跪於地，向祖先神明叩頭祭拜，祈禱一家人來年平安順利。

隨後我們跟著父母去屋外燒紙錢，火苗將盡時，父親在金爐四周灑上水酒一杯並點燃掛在竹竿上的長串鞭炮，祭祖儀式正式完成。在炮竹聲中一家人回到屋內圍坐在一起，開開心心地吃頓團團圓圓的年夜飯，辭舊迎新。

小時候喜歡過新年，除了有滿桌的豐富佳餚可以大快朵頤一番，還有新衣新鞋可穿，最開心的莫過於有壓歲錢可領，我們排隊依序從母親手中拿到紅包的開心模樣，至今依然清晰如昨。等我們出社會賺錢了，過年時大家會包一個大紅包給父母，並決定不再收父母給的壓歲錢，但母親依然堅持延續這個傳統習俗，或許在父母的眼中，我們是永遠長不大的孩子吧！

人生沒有不散的筵席，父母在我們忙著自己的家庭與事業的時候，一轉眼已凋零。邁入初老的我，想著童年全家除夕圍爐的溫馨畫面不禁淚光朦朧，我多麼希望時間能回到過去，回到可以一家人吃年夜飯領壓歲錢的童年時光。

每到過年，看見大街上各式各樣的紅包袋，總會情不自禁地佇足觀望良久，然後挑選幾款不同的樣式帶回家，它讓我彷彿在無情歲月的流逝中有了可以依托的情感與緬懷。

原來生命中真正難以割捨的，是親情，是回憶……

姊妹

冬天是吃橘子的季節，其中我最喜歡的是砂糖橘，皮薄籽少甜度高。一天傍晚妹妹約了我一起去公園散步，她來的時候手中拎著一小袋砂糖橘，從遠處揮舞著手裡的袋子，興奮地說：「妳瞧，這是妳最愛吃的，今天剛去市場買的喔。」望著手中的這袋砂糖橘，心口突然湧入一股酸辛，如煙往事不覺又漫上心頭。

小時候家貧，三餐能溫飽已屬萬幸，更遑論水果了，那是只有在年節時才會有的奢侈享受。一天，媽媽去市場買菜順道買了一顆橘子回來，大家望著那顆黃澄澄的橘子，眼珠子骨碌骨碌的轉，嘴巴猛吞口水。媽媽把橘子拿給大姐，讓我們五個人分著吃。但大姐撥開來發現只有九片，於是當場決議她和哥哥、二姐各分兩片，其中三片比較大一點的，我與妹妹分著吃。

我遞給妹妹兩片橘子，要她把其中一片咬一半再給我，哪知她眼也不眨地一口吞下然後拔腿就跑，我在巷弄裡追著她邊哭邊喊：「我的半片橘子，還給我，還給我⋯⋯」身體一抖一抖哭得都哽住了。當時的我才六歲左右，妹妹小我兩歲，但比我高壯，跑起來根本不是她的對手，況且橘子早就下肚，就算追到了也吐不出來了，我哭著回家跟媽媽告狀，妹妹後來被媽媽用藤條打了一頓。這樁童年「一片橘子」的如煙往事，如今只要幾個姊妹聚在一起，就會有人重新提起，但妹妹始終不承認她做過這樣的事。

家中有一遠房親戚，我們叫他小舅，在一家從事遠洋運輸的船公司當船員，一年才回台灣一次。小舅每次回來一定會來家裡跟父母問安，順道送給我們一個美國大蘋果。當大人在聊天的時候，我們五個小蘿蔔頭就挨挨擠擠圍在桌子四周，怔怔地盯著桌上的蘋果猛瞧，手摸摸，鼻子聞聞，像個鄉巴佬似的，兩個眼珠子幾乎快要掉了出來。

在那窘困的年代裡，難得有水果吃，蘋果算是很稀罕的。這顆得來不易的蘋果，媽媽通常會把它先放在米缸裡幾天，讓蘋果的香氛瀰漫在米粒間，說是煮出來的飯就會有一股蘋果香。那幾日，大家三不五時就打開米缸蓋子，把鼻子湊過去聞一聞，然後抬頭看著牆上的日曆開始數算日子，想像著母親把蘋果切成薄薄一片一片地分給我們，那奶油黃的一小片襯著紅丹丹的外皮，香氣四溢，光用腦袋想像就讓人口水直流。

大約四、五天後，媽媽就會把蘋果從米缸裡拿出來，用刀子切成五等份讓我們分著吃，但卻沒有爸爸媽媽的那一份，問媽媽原因，她的理由是：「這美國蘋果哪裡比得上我們大陸老家又香又甜，軟嫩多汁的桃子啊！」當時年幼的我，看不懂她眼裡飄散的絲絲惆悵，聽不懂那話語中佯裝的不屑。等我長大懂事之後才知道，媽媽故意把蘋果放在米缸裡一陣子，其實只是為了能多看它兩眼，聞聞那濃郁的香氣罷了。她和爸爸總把最好的留給我們，自己卻捨不得嚐一口，還要編織一個美麗的謊言，一副不在乎的樣子。每思及此，鼻子一酸，眼淚就毫無防備地流了下來。

記得一個和風煦煦的春日午後，妹妹來家裡玩，送我一盒日本青森蘋果，我揣揣不安地問：「這麼大的蘋果應該不便宜吧？」她咧嘴笑了笑：「還好啦，偶爾吃一次無妨，先切一個來嚐嚐味道吧。」我去廚房將一個蘋果放在砧板上切成五片，當我端出去放在餐桌上的時候，妹妹看了眼睛一亮，臉上裂開了一條笑紋：「哇！這好像小時候媽媽切的蘋果，五等份，一人一片，全分給了我們……」霎時妹妹的喉嚨像被什麼東西堵住了，眼眶泛紅。

倆人坐在餐桌旁靜默不語，窗外公園裡豔黃的風鈴木，高舉在藍天裡泛出層層光芒，好似在召喚著什麼。妹妹拿起一片蘋果，往遠處看了看，說：「媽媽如果還在世的話，今年該有九十八歲了。」

探病

一早搭公車去探視住院的大姐，大清早的，全車的人都懶洋洋的，想是大家都還沒睡夠吧。

這班開往醫院的公車，乘客多半是去醫院就診的中老年人與學生。上了車我選了一個中間靠近後車門的位置，對面坐著一個中年男子，腳踝上打著石膏，座位旁杵著兩支拐杖，一會兒低頭盯著腳尖看，一會兒目光沉重地望著窗外，滿腹心事的樣子。男子左手邊坐著一位婦人，一派輕鬆地拿著手機打電動，不時傳來過關斬將「咻咻咻」的聲音，大家紛紛投以異樣的眼光，她鎮靜自如，恣意沉浸在手遊中，由於音量過大，一名乘客轉頭喝斥：「喂，能不能小聲一點，這是公共場所不是你家。」婦人聞言，立刻轉成靜音模式，然後繼續奮戰，她右手邊一名老人，閉目凝神，充耳不聞，好似耽溺在另一個遙遠的國度，眼前的一切事物似乎與他毫不相干。

公車路線會經過一所大學，一路上，陸陸續續有學生上車，讓原本只有稀稀落落幾位乘客的車廂，經過一路的停靠，逐漸座無虛席。揹著書包，精神煥發，臉上漾著動人風采的年輕學子，與車上鬢髮皤然，身形痀僂的老者，形成強烈的對比，那種昂揚與衰憊的荒謬感，焉然勾勒在眼前，讓人備感惆悵。

到醫院大約要半個多小時的車程，車子一路顛簸，在千迴百轉的街道上奔馳，秋天的陽光並不熱烈，微弱光影，在車廂內悠悠蕩蕩地晃著詭異的步伐，窗外秋風陣陣，地上的落葉旋飛旋落，蒼涼景象讓人怵目驚心。

公車到了學校，一群學生帶著歡快的腳步奔向他們美麗的未來，獨留一車愁容滿面的老弱傷殘，少了莘莘學子生氣勃發的氛圍，車廂內頓時一片死寂。快到醫院時，車子裡的老人開始蠢蠢欲動，「嗶嗶嗶」的刷卡聲不絕於耳，車停妥了，大家步履蹣跚地下了車。醫院外的紅磚道上來往行人神色凝重，有人滿臉愁容抑鬱不開，有人拄著拐杖一步一蹶吃力地緩步慢行，有人坐著輪椅一臉茫然，懨懨的神情，恐怕多是對生命摧折的憂心吧！

走進醫院，想起多年前，羅癌的母親與先生在此走完他們人生的最後一程，不禁紅了眼眶。這次大姐因呼吸窘迫又進了醫院，醫生診斷是心臟的問題，開刀裝了心律節拍器之後，呼吸器已移除，肺部感染的問題，在抗生素治療下，已逐漸恢復正常，胰臟發炎的指數也已下降不少，醫生說明天應可暫時出院返家。

雖然大姐目前的病況暫穩，其實大家的心裡依然是非常擔憂的，這些年她為乳癌受盡折磨，醫院進進出出，躲過了一劫又一劫，大家看了心疼，但她總能平常心去面對，且把後事都交代清楚了，彷彿已做好了隨時可離去的準備。羅癌的大姐雖有兒子與四個手足輪流照顧，但病情時不時如潮水般洶湧而至，常讓人慌了手腳不知所措，躺在病床上的她，笑容是罕見的，即使面對大家安慰的話語，鎖在眉頭，流在眼波的，依舊是她的沉鬱與憂傷。

我趁大姐午睡時離開了醫院，交代看護若有緊急狀況用手機與我們聯絡。坐在公車亭的一個小小角落，打了一通電話給大姐的孩子：「醫生說媽媽的病況已趨穩定，明天可暫時出院返家，舅舅和阿姨會過來幫忙，你安心上班吧。」

難關還在持續，凝睇著天上朗朗晴空與悠悠白雲，心情卻依舊是晦暗而苦澀的。

暖心的風景

女兒研究所畢業後在竹科工作並買了一間房，但婚後便移居台北，此間房就閒置著，夫妻二人與我偶爾回來散散心當度假小屋。房子位於竹科附近的一個小巷弄裡，出了巷口不到一百公尺就是喧囂的熱鬧街景，生活機能一應俱全，鬧中取靜的居家環境，讓人悠悠神往。

房子後面緊臨著一個小山坡，蓊鬱樹群枝葉葳蕤，野花野草恣意怒放，蝴蝶鳥雀穿梭飛舞，野狗野貓追逐嬉鬧好不熱鬧，我經常喜歡坐在窗前，看落花飛絮，看迎風擺款的蘆葦叢，聆聽蟬聲嘶鳴與陽光低音吟哦，彷彿塵世裡的煩憂都滌盡，思緒更清明了，我曾在這悠然於塵寰之外的人間仙境，編織過無數美麗的夢想與願景。

因為疫情，哥哥與妹妹結束了在大陸的工作回台定居，五個手足終於在分離了二十年之後又齊聚一堂安度餘年。一天，我提議大家不妨來一趟新竹之旅，秋高氣爽的天氣最適合出外旅遊，可住在女兒家，不但省了住宿的錢，還有一窗好景相伴，即使不外出，也能有度假般的好心情，大夥兒聞言，立馬收拾行囊說走就走，秋日之旅正式啟航。

這些年幾個手足都已兩鬢如霜步履蹣跚，大家擔心日日舟車勞頓恐身體無法負荷，因此商議出門與否視當天的身體狀況而定。不出遊的日子可睡到自然醒，然後去超市買菜簡單煮，傍晚再去附近的公園散步，晚餐時刻大夥可恣意地大口吃肉大口喝酒，分享兩岸的生活趣聞與政治紛爭，當然也不忘提供各自的健康資訊供大家參考。當一切紛華落盡，楊慎的「一壺濁酒喜相逢，古今多少事，都付笑談中」一語道盡那不可言說的歲月蒼桑。

女兒交代我來新竹一定要帶大家去內灣老街逛逛，它是新竹近郊的著名景點，這個美麗的客家小鎮，以客家文化特色而聞名，由於嫂嫂是美濃客家人，聽說我們要去內灣老街自是欣喜萬分。一早，我帶著一行人坐火車前往。

「今天的太陽特別好呢！我們先去老街逛逛，下午再去內灣吊橋。」大家興致高昂地尾隨在我身後。由於非假日遊客不多，一行人慢悠悠地晃著步履，東家嚐嚐知名的野薑花粽，西家吃吃軟Q的客家麻糬……，不知不覺滿手的提袋已不勝負荷。

「別再買了，我們去吃午餐，晚了可沒位子喔。」以前假日和女兒來內灣，這家客家餐廳若不事先訂位，就得在外面排候補至少一個小時以上，不過今天非假日且已電話事先預約了，故不至於陷入一位難求的窘境。大家點了梅干扣肉、客家小炒、鹹蛋苦瓜、客家甜炸肉……等客家名菜，由於風味獨特大夥兒讚不絕口，嫂嫂更是開心不已，說是有媽媽的味道。吃完飯大家意猶未盡，繼續老街走踏採買，但大夥兒兩手早已提滿了大包小包的戰利品，真恨不得能再有一隻手來分擔重量。

山城多雨，尤其在下午時分，便開始飄起霏霏微雨，此時剛好火車進站。哥哥催促我們別再逛了趕緊上車返家。落座不久，我才恍然驚醒，大叫：「糟糕，我們忘了去內灣吊橋，那是今天的必遊景點，大家趕快下車。」正當我們提起大包小包準備衝下車時，車門已悄悄關上。大家面面相覷，懊惱不已。我心裡暗暗自責，身為導遊卻漫不經心，以致錯失了內灣最美的吊橋。

下了火車，尚未日落，行經關新路上的Starbucks與7-11，我們買了咖啡與啤酒，準備回去喝下午茶，補償內灣的未竟之旅。再順道去巷子口的超市買了晚餐的備料，四菜一湯，由二姐與嫂嫂掌廚。回到家，二姐趕緊去廚房燒水泡茶，大家把東西拿出來放在客廳的小茶几上，當我們正埋首討論該如何排放這些點心與飲品時，哥哥在旁順手拍下了大家難得相聚一堂的畫面。

王安石的一首詩，讀來讓人悵觸萬端：

少年離別意非輕，老去相逢亦愴情。
草草杯盤共笑語，昏昏燈火話平生。

走入華髮蒼顏之境，昨日的輝煌與滄桑，都成了逝水，所有的相遇與告別也都成了煙雲，可以記憶，可以遺忘。

隔著深秋窗外的綠蔭，我們在歲月的陰晴冷暖裡，留下一幀暖心的風景。

桂花香

住家大樓前的公園裡有一整排的桂花樹，清風吹拂，花香四溢，每次經過，我總愛摘幾朵回家放在書桌上的小瓷盆裡，頓時，滿室生香，那潔白素雅的模樣，讓人憐愛。

桂花清麗絕塵、濃香遠溢，宋代詩人洪适如此描述：「風流直欲占秋光，葉底深藏粟蕊黃。共道幽香聞十里，絕知芳譽亘千鄉。」人們因此又稱桂花為「十里香」。

小時候的眷村到處都有桂花樹，葉片翠綠，花香撲鼻，童年時放學回家，走進了眷村大門，縷縷花香便迎面襲來，讓人印象深刻。如今眷村被夷為平地成為財團的豪宅用地，當年巷弄裡濃郁的桂花香，已隨時代遠去。

桂花可入菜、可釀酒、做糕點，記得小時候每逢過年，母親就會帶著我們去鹽埕區的老大房糕餅店買桂花糕，用糯米和桂花蜜製作的桂花糕，濃郁香醇、清甜爽口，是小時候年節才有的奢侈享受。

母親說，家鄉南京大街小巷到處都是桂花樹，每到十月家家戶戶都忙著做桂花糕，是大人與小孩最喜歡吃的點心。如今桂花糕在市面上已不普遍，我只能從公園裡這一大叢桂花樹所散發出來的濃郁香氣去追尋曾走過的童年時光。

李清照有一首詞《鷓鴣天・桂花》

暗淡輕黃體性柔。情疏跡遠只香留。何須淺碧深紅色，自是花中第一流。

梅定妒，菊應羞。畫闌開處冠中秋。騷人可煞無情思，何事當年不見收。

這首詠桂花的詞，描述桂花淡雅高潔之姿，又豈是俗艷華麗之花可比擬，桂花雖無亮麗花顏，然其獨特香氣，即使梅菊亦相形失色。

芳華易逝，唯香永流傳，我用桂花串起如煙往事，童年時光不知不覺又漫上心頭。

輯二　浮光掠影

飄零似轉蓬

星期六學校下課後，坐公車到嘉義火車站，十八點五十四分南下的新自強號剛好進站，我趕緊買了票上車。

座位在第三節車廂最後一排靠窗的位子，入座不久，見一名滿頭霜髮的老婦，手捧著便當，站在旁邊的走道上，神色慌張地東張西望，她環視四周座位幾乎全滿，只剩下我旁邊的位子還空著，便趕緊坐了下來。我好奇地問：「這是台鐵的新自強號，必須要先買票才能上車，您的票呢？」

「要買票？不能用敬老卡嗎？」接著又問：「這是北上的自強號吧？」我一聽嚇壞了，連忙告知北上在對面的第二月台搭乘，眼看時間迫在眉睫，要她趕緊換車。驚魂未定的她匆忙拿著手中的便當起身準備下車，但不巧就在那一瞬間，車門關了。她一臉茫然地又回到座位上，我看了心疼卻不知該怎麼安慰她才好。不一會兒廣播聲響起：「下一站，新營。」她終於眉開眼笑地說：「沒錯，這是南下的，我要在台南下車。」她的窘況解除，我也如釋重負地鬆了一口氣。

但她依然神色未定的捧著便當，不知如何是好。我替她把座位前方的小餐台打開：「放在餐台上吃比較方便，您看，便當都冷了。」她面有難色看了看我：「可是我怕這便當會有味道，對妳不好意思。」「不會啦，都七點了，是該吃晚餐了，不礙事的，您就吃吧。」她剛打開便當才吃兩口，查票員便走過來要查票，她連忙出示掛在身上的敬老卡，這才發現她沒買票就上了車，因此不但得補票，還要加罰百分之五十的票價，她一臉又是驚惶又是委屈，直說對不起不是故意的。查票員安慰她：「阿嬤，沒關係啦，以後記得搭乘白色的新自強號一定要先買票才能上車喔。」

車子繼續上路，她坐在椅子上發楞，感覺如此的孤單。我握著她的手輕聲說：「快吃飯吧，菜都涼了。」

我用眼角餘光瞄了一下她的菜色，哇！真豐富啊！一個大雞腿，一塊排骨，三個配菜，不消一刻鐘就吃光光，看來她真的是餓壞了。眼看大勢底定，我準備開始閉目養神，上了一整天八個小時的課頭都暈了。她吃完收拾好餐盒，忽地湊過身子在我耳邊輕問：「小姐，我可以跟妳說說話嗎？」唉呀！我周公還沒找到，半路上就被她給拎了回來。「喔，好啊，您說。」我坐直了身子，準備洗耳恭聽。

原來，她是台北人，工作退休後才回台南養老，兒子一家人住在嘉義，她怕打擾他們不願同住，只偶爾坐車去嘉義看看兒孫，台南有她的手足，弟弟經常過來探望獨居的她，陪她說說話。這兩年身體狀況不好，走路膝蓋會痛，怕摔倒，已經很少出門了，我勸她還是要多出來走動走動曬曬太陽，身體才不會退化的那麼快，只要出門時帶著一根拐杖同行，不需過度擔心，身體健康比什麼都重要呢！

半個多小時的車程裡，我輾轉聽到了些她的故事，即將邁入八十大壽的她，容貌姣好不顯老態，氣質優雅，談吐不凡，身著一襲黑色套裝，幹練利落，以前是個事業有成的職業婦女，退休後，老伴走了，孩子離家，她的精神就大不如前了。車子很快到了台南，她起身與我揮手道別，面帶微笑輕聲對我說：「謝謝妳願意陪我說說話。」

我倚在窗邊，望著月台上腳步蹣跚略顯疲態的背影，不禁紅了眼眶。

「多少殘生事，飄零似轉蓬。」杜甫晚年疾病纏身寫下的無奈詩句，道盡人生晚景的蒼涼心境。我在新左營站下了車，時值週末假期，車站大廳人潮不歇，揹著書包走在熱鬧的街景裡，想起那一句「可以陪我說說話嗎？」心裡便有些悽惶。

週末搭車趣

傍晚下課後打電話叫車去高鐵站，車行沈小姐回：「〇〇〇〇車號，十分鐘到。」整理好包包走出教室，忽然想到剛剛忘了問她今天是計程車還是自用轎車？站在文學院門口一雙眼睛盯著一輛輛停靠的計程車、自用轎車的車牌猛瞧，成了每次放學等車時的習慣動作。

看時間仍有餘裕，便走到對面的公車亭去晃晃，再順道看看公車時刻表，雖然已看了N次，也明知道過了下午四點三十分學校已沒公車到高鐵站，卻仍然不死心，就好像情人已經說分手了，妳還時不時地跑到他的家門口癡心張望，期待奇蹟出現。其實這種蠢事只是自己的意念在召喚，已經沒有任何意義，但還要假裝一下，真的是愛情小說看太多中毒太深。

正當要從公車亭走回文學院門口，對街一輛深藍色自用轎車突然一個甩尾大迴轉，咻的一聲停在公車亭旁，他搖下車窗問：「是王小姐嗎？」我看車號沒錯便上了車。剛剛那一招帥氣甩尾，讓原本垂頭喪氣的我一下子精神起來，我以為司機會是一個身材精壯結實的肌肉男，結果一瞧竟是一位滿頭霜髮的阿伯。問怎麼知道要搭車的人是我？阿伯回：「因為文學院門口已經沒人了啊！而且我看見妳在公車亭四處張望。」的確每天下課後都會有一些學生，站在文學院的門口等計程車或家人來接。

「您應該是沈小姐的公公吧，聽說車行以前是您的，現在退休讓給媳婦兒子經營了。」「是啊，但是生意忙不過來的時候，我和我的親家母也會幫忙接單。」哈哈，這一家人真的是合作無間啊！出了校門沒多久，阿伯車速加快，左彎右拐，見縫插車，我嚇得魂飛魄散，趕緊繫上安全帶，連忙說：「阿伯，我不趕時間您慢慢開，安全第一啊！」看似臨危不亂的我，其實正心跳加速，手心冒汗。「小場面，不要緊張，我開了幾十年的車了，安啦。」見他鎮定自若地穿梭在大小車陣中，我的一顆心幾乎要跳出胸膛。

「妳要搭幾點的高鐵？」我說：「十九點十四分和十九點五十分各有一班，您真的不用趕。」但今天老師晚了幾分鐘下課，所以若要坐十九點十四分那一班時間上有點緊迫。他看了一下錶然後一副胸有成竹的口氣說：「十九點十四分那一班應該還來得及。」時值週末假期交通壅塞，車子走走停停，阿伯偶爾帶著不耐煩的情緒叨叨絮絮唸個幾句，隨即施展他左閃右避的超車絕技，一群車子瞬間被甩在身後，沒入黃昏的餘暉裡。

不久，車子上了高速公路，束縛盡失，阿伯帶著軒朗情緒，吹著輕快口哨，極其熟捻地操縱著。我猜在他心中，車子應是他一生最好的知己，無論什麼時候，只要坐上駕駛座手持著方向盤，年輕時的感覺就回來了，我想這也許就是人生吧。年少打拚前程，當衰老步步逼近，只能探問尚能飯否?真是無奈啊！

十九點八分車子順利抵達嘉義高鐵站，下了車我快步奔向購票櫃台，此時聽見廣播，一看錶還剩五分鐘不到，票還沒買，來得及嗎？要不要改搭下一班？此時大腦腦波傳來訊息：來得及，快跑就對了。

像受到鼓勵似的，我快速向窗口遞上證件。「高雄敬老票一張，自由座。」刷卡、取票。售票員告知，車快進站了，要走快一點，否則就要改搭十九點五十分那一班了。看錶還剩三分鐘，應該還來得及，我雙腳像踩著風火輪般，快速飛竄過電扶梯。入口閘門，插卡掃描，抽出票卡，直奔南下二號月台，此時廣播，車已進站，意味著已到分秒必爭的階段，但還要通過一小段長廊再搭一層電扶梯才能抵達月台，二話不說繼續跑就對了，到了月台我趕緊跳上車。時間：十九點十四分，賓果！

算了一算，這一路過關花不到五分鐘，讓耳順之年的我對自己欽佩萬分，沒料到三十多年養成的運動好習慣，竟讓我健步如飛不知老之將至。後來想想，何苦受制於時間閾限，剛剛應該先去吃一個簡單的晚餐，再搭十九點五十分的車回高雄，幹嘛把自己弄得如此狼狽不堪？

又餓又累的我，惺忪著雙眼倒頭昏睡，夢中的我開心地吃著心中的最愛「摩斯元氣和牛珍珠堡」，直到廣播聲起：各位旅客，終點站左營到了……我猛然驚醒，趕緊收拾東西準備下車，一場驚心動魄的搭車記終於結束，今晚真該好好犒賞自己一下才對。

我隨著人群走出高鐵站，載欣載奔地往五號出口的摩斯漢堡走去。

捕夢網

上了高鐵，我立刻給車行的沈小姐傳訊：「八點三十二分到嘉義太保，方便來接嗎？」她很快調度好了車子，回覆訊息：「八點三十二分，車號〇〇〇〇，三號出口。」

車行的電話是台文所的助教給的，學校老師都叫他們的車，所以我很放心。早上第一堂課是九點十分，下高鐵若轉搭台灣好行或公車去學校，一個鐘頭的車程肯定遲到，只能改搭計程車。傍晚最後一堂課結束已是六點半，學校的候車亭已無公車可坐，依舊只能搭計程車去高鐵站。

嘉義太保到中正大學，車程約半小時，不跳表單次計價五百元，來回共一千元，再加上高鐵與捷運的車資，加起來要一千四百多元，還好我已符合敬老半票優惠，乘坐高鐵與捷運省了不少錢。研究所一年級的課都集中在一天，一周只要去學校一次，因此我沒申請學生宿舍，選擇通勤。

算算往返高雄與民雄一個月的車資將近六千元，雖然心疼，但興趣很難用金錢衡量，我深感慶幸，於耳順之年仍能與文學相濡以沫且樂此不疲，試想，這等好事，世間幾人能得？古人說「老而不健，則生趣盡，老亦奚為？」趁著身體依然健朗，退休後另闢新境，這樣的人生過得既充實又開心。

回想當年先生驟逝，兩個孩子北上就業，面臨蒼涼悲鬱的人生困境，只能靠文字與閱讀紓解壓力，如今卻成為生命中的快樂泉源。很多事情，乍看似乎已走到盡頭，但轉個彎卻又柳暗花明。別人到了這般年紀，早已退休享受夕陽美景，我卻逆向行駛重回青青校園，沉浸文學殿堂，以文字自娛的清幽歲月，真是人生的至樂啊！

朋友說，這把年紀了何苦折磨自己，讀那麼多書又有什麼用？莊子說「無用之用，是為大用」，文憑的確不能為已臨黃昏之境的我帶來財富，然而學識的涵養卻是我心中的無價之寶，人生的得失很難計算，唯有在歲月的眼眸裡，才能窺探出誰是生命真正的贏家。

老年的切望

人生如水流，有驚濤駭浪，有涓涓細流，走過險峻高峰，走過平緩淺灘，隨著時光流轉與錘鍊，烙下歲月的憂歡牽纏。「白雲蒼狗，浮生若寄」，在浩瀚無垠的宇宙中，你我都是過路人，走過春夏的繽紛繁華，秋冬的蕭瑟荒涼，才慢慢懂得了什麼是祝福與珍惜。

朋友日前自美返台探親，此行除了與幾個多年不見的好友餐聚，主要目的是探訪養生村，打算明年退休後回台定居，以養生村做為人生的最終棲息之地。

「花有重開日，人無再少年。」什麼時候，我們已到了要「養老」的年歲，不是才剛剛走在暮年裡嗎？她說多年來自己一直過著單身生活，如今年歲已長，體力亦大不如前，因此早在多年前就開始未雨綢繆規劃老年生活了。而我因為長期養成的運動習慣，身體依舊硬朗，並在老伴去世之後又重新回到學校，和班上一群年輕有活力的同學腦力激盪，日子過得充實，竟渾然不知老之將至。

她興致勃勃地把各地養生村的居住環境與詳細資訊分享給我，並慫恿也獨居的我一起當室友，她自編美麗藍圖，許自己一個明淨高闊的天空與安逸的晚年。而我呢？此時入住養生村為時尚早，我仍想繼續馳騁在文學的天地裡，隨著星月流轉，潮水來去，許自己一個「歲月靜好」的耽逸人生。

走入人生的初老，繁華已褪淡，但我們仍有無盡的能量，去創造自己下一個花季的來臨。無論是選擇入住養生村，與一群年紀相仿的朋友安度晚年，或是繼續在自己的指望裡航向下一個美麗的未來，都是生命殷切的祝福！

很喜歡這樣的一段話：

「葉子老得多麼美啊，它們最後的日子充滿了多少光、多少顏色。」

薄暮時分是老年歲月中最美的時光，我們善用這最後的歲月，為自己添磚加瓦，活出一個全新的自己，現在我們必須相信，老年歲月將以另一種方式開啟我們的夢想，帶領我們邁向下一個更美好的未來，只要我們擁有健康樂觀的心態去面對人生的下半場，年齡就不再綑綁著你，誰說夕陽不是生命中最美的風景呢！

一輩子的朋友

二〇二三年是高雄女中建校的第一百週年，在YouTube上聽到了這首紀念歌〈一輩子的朋友〉，一椿椿少年前塵，忽又漫上心頭。

去書櫃翻出當年的舊相簿端詳起來，思緒由高一第一天開學日的記憶啟航。上課前老師依照大家的身高安排座位，我們剛好在教室最後一排相鄰的兩個位子。當時我瞅了你一眼，然後在心裡默默地喊了一聲：天啊！這超塵拔俗的女孩是從哪裡來的？你那文靜秀美的典雅氣質，用「腹有詩書氣自華」來形容是再恰當不過了，言談中得知你博覽群書才華洋溢，讓喜歡文學卻胸無點墨的我自慚形穢，一得空便向你請益，從此我們成了無話不談的好朋友。

我們經常喜歡坐在校園的榕樹下，分享彼此閱讀文學名著的心得，你說將來想要當一個作家，希望大學能考上中文系，我比較務實想讀商學系，因為畢業後找工作比較容易。

每天上學我倆腦子裡晃悠的都是一些文學經典，除了國文課讓人精神昂揚，其他課卻是興致闌珊，怎麼也定不下心來。每當快月考、期末考的時候，倆人就相約一起去圖書館K書，直到圖書館關門的時候，才一起騎腳踏車回家。那時天色雖暗，總有星星與照路的月光，日子雖苦，總有彼此相伴，一起走出無憂的長巷，豆蔻梢頭的青春，繫在美麗的藍天上，我們望著同一片天空，編織著未來的夢想。

由於經常沉浸在文學國度裡，尋覓著自己的桃花源而疏怠了課業，升上高三聯考在即，想要迎頭趕上卻為時已晚。大學聯考放榜，我們都不幸落敗。之後我邀你一起報考三專聯招，你說私立的學費太貴家裡負擔不起，爸爸曾說如果考上國立大學，他會想辦法籌錢讓你讀，否則就要開始找工作，自己掙飯吃。

後來我如願考上三專會統科，在北上的前一天晚上你騎車來跟我道別，那股流露在眼波沉鬱的心情與哀愁，看了讓人揪心。你緊蹙著雙眉，拉著我的手叮嚀：出門在外要好好照顧自己，祝福我夢想成真。你說已經在工廠找到了一份工作，今後可以分擔家中經濟照顧弟妹，也可替父母減輕一點生活壓力。話語中那份早熟的荒涼，讓我潸然淚下。我愣愣地望著你，不知該說些什麼。

我們坐在路邊的石凳上聊了好多好多，突然間你抱著我痛苦失聲，眼淚像一串串斷了線的珍珠滾落在我的肩上，哽咽著說：「為什麼我們要那麼窮，窮到連夢想都有沒能力去追求，為什麼我一輩子只能是一名女工，為什麼一生的夢想在十八歲就戛然而止……」

我的眼淚不由自主的流下雙頰，握著你的手，好言勸慰：「你可以白天工作，晚上自習，明年再來，只要你有堅定的毅力與信念，朝著目標邁進，夢想終有達成的一天，千萬不要灰心啊。」你靠在我的肩上，輕輕抽泣著：「那要考上國立的才行，就算考上了，每個月的生活費從哪來？我是家中老大，下面還有四個弟弟妹妹，我不能再讓爸爸為了我們去賣血……」

你再也說不下去了，掙脫了我的手，騎上腳踏車飛也似地狂奔而去，我在荒街朔月裡一路追趕，喊著：「不要忘了你的作家夢，不要忘了我們是一輩子的好朋友……」看著你的背影逐漸消失在迷離的夜霧中，我偎著路邊一盞孤瘦的路燈，一時之間，悲不自勝，涕淚交零。我聽著自己的啜泣聲，才知道，原來傷痛也有聲音。

後來，你寫了一封短信給我：「我們是兩個不同世界的人，你有美麗的未來與夢想，而我卻不再有明天。當你收到這封信的時候，我們已經搬家了，爸媽帶著弟弟妹妹回到鄉下務農，我在加工區的成衣工廠當作業員，住在女工宿舍，走在一條看不到未來的道路上。你是我一生最要好的朋友，我會把你永遠放在我的心中。」這簡短而淩亂的字跡中充斥著你的委屈與傷痛，那是你寫給我的最後一封信，從此我們失去了聯絡。我曾經問過班上同學，但沒有人知道你的去向，我也曾去過幾家成衣廠打探你的消息，最後都步履沉重地離開。

那一年我們在一片惶亂之中匆忙分手，甚至沒有認真地道過別。總以為還有再相遇的一天，沒想到已忽忽五十年不見，從往昔的青春年少到如今的鬢髮皤然，只徒留給人一些感傷，一些悵惘。如今看著影片中那群白衣黑裙紅書包的女孩，想起我們一起走過的輕狂歲月，竟至涕泗滂沱。

飛蓬各自遠，且盡手中杯

初中母校高雄市立三中舉辦校慶與校友回母校的活動，許多同學從群組得知消息紛紛南下趕赴盛會。大家見了面心中惴惴不安，因為許多同學的名字已想不起來了，只好自我介紹是哪一屆哪一班的，如果剛好找到了自己的同班同學，莫不興奮大叫，簡直比中了樂透還開心。

五十年後，孺子回家，我們逆著時光隧道又走進了當年的青青校園，昔日校園風貌已不復見，樸質的平房改建成了大樓，校園依舊綠意盎然，老榕樹風骨猶健，操場上年輕學子笑語依舊盈盈，卻已是「物是人非事事休」。半世紀已過，校園的莘莘學子已換過好幾代人，樹蔭深深，往事紛紛，記憶在腦海迴盪，怦然激起滿園回聲。

當年的三中在獅甲小學隔壁，離眷村不遠，有時候早上爸爸會騎腳踏車送我去上學，放學則自己走回家，學校四周很荒涼，都是黃土地，車子一經過，塵土飛揚，得掩鼻而過。班上同學幾乎都不是眷村裡的孩子，大都從外地而來，所以每天放學經常都是自己一個人揹著書包走回家。一路上我會遇見挑著扁擔賣豆花與黑輪的阿伯、挑著糞便的牛車與輕盈踏著答答馬蹄聲的馬車，這些年少時的街景，皆已不復見，然則又鮮活地跳躍在我如今的記憶裡。

一晃眼，五十年悠悠歲月隨風而逝，如今學校四周一棟棟豪宅聳入雲天，夢時代、IKEA、家樂福、好市多與之毗鄰，成了熱鬧商圈。歲月更迭，學校依舊在藍天下烈烈揚揚地播種著每一個年少無憂的夢。當年在高中聯考壓力之下，我懷著悽惶的心情，走向一個渺不可測的未來，不就正是此刻走在校園裡這般年紀的孩子嗎？如今的我已霜滿白頭，年輕的夢想已然遠去，只見日落山頭，映照著寧謐而金黃的晚年歲月。

當年離校正直青春，我們沿路拾綴夢想，如今所有的榮辱得失，都隨煙嵐遠去，轉眼成虛空，眼角的淚，髮上的塵灰，都是一個回不去的夢。「飛蓬各自遠，且盡手中杯。」這是李白寫給杜甫一首送別詩，想必也是你我告別青春歲月的哀戚之心吧！

卡打車

一日午後，二姊去樓下倒垃圾，在資源回收室赫然發現一台住戶丟棄的摺疊自行車，看起來車況還不錯，便趕緊將它牽來給我。她開心地說：「妳最近不是正準備要買一台腳踏車當代步工具嗎？這是剛在大樓的垃圾間撿到的，再不快些，就要讓別人給捷足先登了，妳去騎看看。」我在公園繞了一圈，輕巧好騎而且還是我喜歡的大紅色，只可惜沒有置物籃。二姊說附近有一間腳踏車行，各種零件都有可以去找看看，順便把地址給了我。

車行在公園旁的一個小巷弄裡，從大馬路一彎進巷子口，遠遠地就可看見掛在廊簷下舊紙板上五個歪歪斜斜的大字「修補卡打車」。店門口的籐椅上坐著兩位老伯，在黃昏的暮色裡有一搭沒一搭地閒聊著，彷彿時間在此陡然地慢了下來。我將車停妥，問：「裝一個籃子要多少錢？」其中一位老伯趕緊起身走了過來，我想，他應該就是車行的老闆了；另一白髮皤然的老者見顧客上門，便緩緩地從籐椅上站了起來，揮揮手，佝僂攜仗離開了。

「全新的二百五十。」我聞言一僵，覺得有點貴作勢要走，老闆趕緊拉住我的車子，輕聲而正色地說：「現在錢愈來愈薄，二百五十塊不算貴啦。」說完立刻進屋拿了一個全新的籃子遞給我看。我說：「這腳踏車是撿來的，裝一個全新的籃子有點浪費。您店裡有賣舊的嗎？只要能放東西就好。」

「舊的也要一百五十塊喔！」他一臉堅決的表情，看來毫無議價空間。見我面帶猶豫，連忙上前解說：「舊的要拆要裝，連工帶料一百五十塊已經很便宜了，現在通膨什麼都漲，一百五十塊買兩個便當都不夠……」他的話聽起來既是嘮叨亦是抱怨，但看著他一臉焦黃疲憊的面容與額頭上幾綹稀稀落落的白髮，就不免同情了起來。

「好吧，就裝一個舊的，等一下再麻煩您幫我把車子全部檢查一下。」他欣快地答應了，然後一頭鑽進被光線阻隔在外，灰撲暗沉堆放著各種廢棄零件的老屋裡。沒多久，他拿了一個舊籃子出來，我一看當場傻眼。「這籃子都生鏽掉漆了，還破了一個小洞，能用嗎？」

「我等一下用鐵絲把破洞補起來，再噴上一層漆保證就跟新的一樣，免煩惱啦。」我站在一旁看他動作洗鍊地又裝籃子又噴漆的，沒一會兒功夫大功告成，隨後蹲下來檢查車子狀況。修車時與他聊天，問車行開多久了？他說從年輕就做這一行了，在四〇、五〇年代腳踏車是人們最倚賴的交通工具，如今被捷運與Ubike的便利性取代，車行就逐漸沒落了。孩子曾勸他把店收了退休享清福，但他擔心日子一旦閒下來精神會日漸委頓，堅持退而不休。如今開店時間自由，工作量自己決定，幾個老友經常來店裡泡茶聊天，日子依然過得有滋有味。

「這輪胎還不錯，但是氣打得太足容易爆胎，我幫妳放掉一些，還有煞車太緊需要重新調整一下，工錢算五十，連籃子一共二百塊就好。」但是還沒完，他的下一句是：「妳是今天第一個顧客所以才有優惠價的喔。」「哇！原來今天是跳樓大拍賣，我在幫您清倉啊！」我故意調侃他。「錢歹賺，一工到暗賺無兩個便當。」他無奈地搖搖頭，低頭幹活去了。沒多久他把車子牽過來要我去騎一圈試試看。

金色斜陽照在寧靜小巷弄裡熠熠生輝，騎上小紅我的心也飛揚了起來。正當車子要轉進另一個小路口時，他緊張地在後頭追趕著，聲嘶力竭地大喊：「不要騎太遠啊！快回來，快回來——」低沉沙啞的嗓音迴旋在風中，聲音淒厲。我趕緊將車子回轉，到了店門口我忍不住叨念：「您放心，我不會跑了啦！」我把錢遞過去，只見他用手搔了搔頭上那幾綹白髮，臉一紅，咧著嘴，對我綻出一個近似童稚般的笑容。

「謝謝喲。」我揮揮手離開了這條悠然於塵寰之外的小巷弄。

阿伯不為外物所役依然尋著自己的生命軌道，興高采烈地擁抱著生活，當我們面對戰爭、瘟疫惶惶不安的時候，或許可以從他身上找到一些安慰與溫暖吧！

化妝女孩

疫情當前，捷運車廂內每個人都成了口罩一族，密閉空間讓人侷促不安，無不希望能趕快到站下車，和以前坐捷運時的悠哉心情有如霄壤之別。

記得三年前的一個夏日午後，搭高捷去高鐵左營站準備回台北。當天是非假日且為離峰時段，車廂內乘客不多，寥寥落落散坐在各個角落。有人滑著手機，有人閉目養神，有人呆若木雞想著心事，我拿著一本小說打發時間。

車子到了三多站，上來一位時髦高挑、面貌清純，一頭長髮如潑墨的年輕女孩，在我對面坐下，我抬頭看了一眼，驚聲連連：「天啊，這女孩也太美了吧！濃眉大眼，出塵脫俗的清新氣質，不就是『窗外』裡的林青霞嗎？」如此漂亮的年輕女孩在繁華的台北街頭與捷運上不知凡幾，但在民風純樸的南部可真不多見呢。

落座後，她放下手中大包小包的東西，匆忙打開皮包拿出鏡子開始化起妝來，彷彿即將要去趕赴一場豪華盛筵。

她先從皮包拿出粉底液、遮瑕膏快速地一層又一層均勻地塗抹在臉上，膚色立刻就像打了蘋果光一樣透亮起來，接著開始畫眼線，眼線是所有化妝步驟中，最困難最需要技巧的地方，尤其在搖搖晃晃的車廂中簡直是一項不可能的任務，眾人精神奕奕地盯著她的手勢，心情也七上八下地盪著，真怕車子一個顛簸，眼線畫歪了成了大小眼，但顯然是我們多慮了。她專心凝神地三兩下就畫出了一個精緻眼線與迷人眼神。大家張大了嘴，瞪大了眼，一副不可置信的表情全寫在臉上，真的是無敵啊！

接著一盒Dior眼影亮麗登場，她用淺色眼影在眼窩處打底，然後使用中間色眼影做搭配色塗在眼褶處暈染，再用深色眼影沿著睫毛根部塗刷，最後刷上電眼娃娃睫毛膏，一個漂亮的大地色系眼妝就完成了，眾人見了又是一陣驚呼。她照了照鏡子又拿起眉筆畫了一對韓系粗平眉，搭配著蜜桃橘色腮紅與口紅，再全臉刷上一層蜜粉定妝，完美妝容讓人眼睛一亮，清純少女頃刻變身成了千嬌百媚的名模。

她俐落的動作，繁複的化妝程序，熟捻的化妝技巧，吸引了車廂內所有乘客的目光，彷彿一個繽紛的小型劇場在眾人眼前上演著，而我們全都成了這齣戲的忠實觀眾。一個男人看傻了眼，旁邊的女人用腳踹了他一下，嘀咕著：「有這麼好看嗎？從來也沒看你這麼認真地瞧過我一眼。」男人尷尬地急忙收回目光。

我右手邊的兩個女子交頭接耳，猜測她如此快狠準的化妝技巧，十來分鐘就搞定了一個精緻妝容，一定是賣化妝品的專櫃小姐。左手邊的一對夫妻，不斷地嘖嘖稱奇，猜測這女孩一定是婚紗攝影公司的專業化妝師。坐在女孩旁邊的一位大叔，則目不轉睛地盯著猛瞧，或許正好想起了自己的初戀情人，一個曾經像她一樣俏麗多姿，神采飛揚的女孩。

到了漢神巨蛋，女孩收拾好東西，門一開，立刻一個箭步衝出車廂，美麗身影似一縷輕煙在電動門關上的瞬間消逝無蹤，留下一群滿臉錯愕的乘客，繼續未完的行程。

優格大戰

為了健康，每天早餐後搭配一瓶優格已成了我多年來的習慣。優格中的益生菌能維持腸道健康，還能為美麗加分，所謂腸道不老，容貌姣好，因此除了每天規律運動，「優格」就成了我日常維護健康與美麗的良方。

一早走進超市，正準備從冷藏架上拿起四盒套裝的優格，站在貨架前的一位銷售人員，見狀，立刻上前跟我推薦一款新的優格。

「妳要不要試試看這款新上市的優格，它用的牛奶是一般優格的四倍，蛋白質是一般優格的兩倍，鈣質和乳脂肪則多出了三倍，乳糖卻比一般優格還少，對於有乳糖不耐症的人更是適合喔！」她伶俐的解說，舌頭完全不打結，讓人嘆為觀止。

「那一定很貴吧？」我直覺上如此認為。她連忙說：「不貴不貴，一罐一百三十九，今天買兩罐一百九十八，一罐不到一百喔。」「蛤，那麼貴？算了，我還是買我原來的品牌好了，四小盒才五十九塊。比你這牌子的優格便宜多了。」心想，反正都是優格，哪個牌子還不是一樣。

「這妳就不懂了，這一款『希臘式優格』雖然價錢貴一些，但是營養價值比一般傳統的優格高很多，我們有時後要對自己好一點，身體健康比什麼都重要喔！來，我讓妳試吃一點看看。」她立刻挖了一點優格放在小試杯裡遞給我。

「我也希望對自己好一點，可是如今退休了，就必須錙銖必較能省則省。」我邊吃邊說。她怕我嫌貴不買，繼續對我洗腦：「逛街吃美食，妳喜不喜歡？心情愉不愉快？」

「應該沒人不喜歡吧！」心想，這跟優格有什麼關係。

她定定地盯著我的眼睛說：「那就對啦，錢花下去，心情一定好，心情一好，煩惱全沒了，煩惱沒了，身體一定健康，身體健康就不用花錢去看醫生，不看醫生就可省下不少醫藥費，而且現在的人壓力大且習慣外食，腸胃遲早會出狀況，妳不知道，大腸癌是癌症排行榜第一名嗎？」她的話像機關槍一樣，噠噠噠一路掃射過來，嚇得我花容失色，急忙問：「真的有那麼嚴重？那我先買一罐試吃看看。」她見機不可失，鍥而不捨地繼續對我打心理戰術：「你看喔，一罐要一百三十九，兩罐一起買才一百九十八，等與現賺了八十塊，來，我算給妳看。」她立刻從口袋掏出計算機，像菜市場老練的菜販，精準敲出數字給我瞧。

「好吧，那就買兩罐。」我對她已毫無招架之力，只能乖乖順服，否則又是一場沒完沒了的洗腦大戰。雖然我每天自己燒飯幾乎從不外食，但是聽到大腸癌是所有癌症中排行第一的瞬間，還是讓人顫慄不已。

走出超市，她機靈的話鋒與活跳跳的肢體語言，在腦海不斷地翻騰，連空氣裡飛揚的輕塵，都沾染了她高明的推銷術，恍惚之間，我覺得自己就像是在她編導的劇情裡的一個臨時演員，對劇情一無所知，只能在她天花亂墜的解說中配合演出一齣，叫人目瞪口呆的戲碼。我看著手中的優格，不禁啞然失笑……

轉角咖啡館

住家公園旁開了一間小小的咖啡館，出門穿過塵喧浸溺的街道，轉一個彎就到了。老闆是一對中年夫妻，以前從事保險業，因為興趣而轉換跑道開了這間咖啡館。先生負責吧檯前點餐、沖調飲品的工作，太太則專司廚房餐食的料理。

店內設計走的是鄉村風，木作裝潢搭配復古懷舊的擺飾、掛畫，有東方色彩的基調，也有歐式風格的浪漫，整個咖啡館很有東情西韻的味道，給了一個孤獨旅人發呆的空間。走進咖啡館，那濃郁的咖啡香撲鼻而來，彷彿整個心情都被這咖啡的醇香給浸染了。我很少喝咖啡，但卻喜歡它曖昧不明，苦中帶甜的味道，像情人藕斷絲連的牽纏，難捨難離。

有一次到櫃檯點餐，老闆正神情專注地沖調咖啡，我隨口一句：「你們的咖啡真的好香呢！」他抬頭笑笑，倒了一小杯給我。「妳喝喝看，這是剛研磨好的手沖咖啡，品嚐一杯好咖啡，得先一小口一小口地含在口中，然後慢慢滑入咽喉，咖啡的苦澀會在瞬間轉為圓潤柔和與甘醇。」果不其然，當我喝下的瞬間，它的香氣自咽喉慢慢迴盪在整個口腔，餘韻不絕。幾乎不喝咖啡的我，此時才知道原來喝咖啡也有這般學問呢！以後，幾乎每到此用餐，如果剛好有客人點了咖啡，他就會裝一小杯請我，因此我喝過他們店裡許多不同風味的好咖啡。

我也很喜歡他們的簡餐，食材新鮮口味獨特，少油少鹽的烹飪方式，頗符合現代人的健康概念，尤其現榨果汁，選用的都是當季新鮮水果，我最愛的是金桔檸檬，酸酸甜甜的，好似啜飲著人生的百般滋味。當過了用餐時間，廚房工作暫歇之際，女主人會回到吧台幫忙煮咖啡招呼客人，這間咖啡館以咖啡著稱，許多人慕名而來，川流不息的生意，讓初創業的夫妻倆信心大增。因為沒有小孩，這間咖啡館成了他們細心呵護的孩子，從倆人臉龐上蕩漾的笑容，可感受到他們幸福的氛圍，生命的缺憾，似乎在這裡找到了寄託。

每當我為失意的人生，綢繆踟躕，鬱悶不開的時候，便告訴自己，去咖啡館吧！帶著一本書，選擇一個安靜的角落坐下，點一份輕食，看看書寫寫東西，耳畔慵懶的沙發音樂，伴隨著綿綿的思緒，彷彿所有的愁苦都能如煙嵐般隨風遠去。

有時候，我會離開書本，將視線游移在咖啡館裡形形色色的人群身上，無論是戀愛中的情侶、優雅隨性的老人或是面色凝重的上班族，似乎都可在一杯溫暖的咖啡裡被消融與救贖。我經常讀著他們的故事，也寫著自己的故事，觸景皆情。

咖啡館的故事，每天都在這裡發生，舊的走遠了，又有新的持續上演著，我們的人生不也是如此嗎？生命中的人，來了又走，如咖啡般，有苦澀有香醇。

不成消遣只成悲

A週末南下辦事，傍晚過後打電話給小芳，想約她出來吃飯順便聊聊。退休後他靠退休金過日子，生活得錙銖必較，小芳不想讓他破費，說剛剛已經吃過了，不如找個咖啡館聊聊天就好。A與小芳以前任職於南部一間大型企業，是小芳的主管，因罹患了心血管疾病，所以提前退休回到南投鄉下養老。

A說：「離開南部已近二十年，許多地方都變了樣貌，捷運、輕軌也沒搭過，地點還是由妳決定吧！」小芳回：「那就在你住的飯店附近找一間咖啡館吧！」半晌，A回了話：「飯店附近有一間大賣場，走路過去只要十來分鐘，八點我在大賣場的外面等妳，慢慢來，不急。」小芳心想大賣場有咖啡館嗎？還是倆人要坐在路邊聊天？小芳雖有幾分猶豫，但還是騎車去赴約了。

這是一個週末的晚上，大賣場外面的人行道上有假日市集，熙熙攘攘的人群，簇擁在攤位四周，小芳在喧鬧的人群中四處張望，卻始終不見A的人影，打了幾通手機也沒入接。小芳決定不找了，索性一個人逛起市集來，最後花了五百塊給自己買了一副耳環與項鍊，正準備騎車回家，一轉頭忽地瞥見了A，他正與另外一個男人坐在路邊的椅子上閒聊，她納悶，剛剛來回走了兩趟怎麼沒看到？小芳忙走過去，發現他身旁的B竟是以前兩人同一個部門的同事，原來A也順道約了B一起聚會，多年不見，兩個大男人聊得忘我，正前俯後仰地哈哈大笑，難怪A沒聽見手機的聲音。

小芳溫情喊話：這裡有市集人來人往太吵雜了，何不去找間安靜的咖啡館說話方便些，兩人面有難色，說何必捨近求遠這裡挺好的啊！但女人堅持。兩個男人便異口同聲說，那就去大賣場裡面的餐廳吧！裡面還有免費冷氣可吹。誰知，天不從人願，三個人到了餐廳才發現時值週末，且為用餐時間一位難求。小芳四處張望只覺希望渺茫，心裡便泛嘀咕，開始後悔來赴約，正想說她要回家了，兩個大齡男子一副英雄氣派地對小芳說：「妳站在這裡別動，我們兩個分頭去找位子，沒問題的。」不多久，兩人四雙如鷹之眼，火速尋得兩個雙人座位，其中一個位子上還放著一個包包，顯然這是別人的位置。

小芳忙說：「不好吧，這桌子已經有人了。」兩個人也不理，手腳俐落地三兩下便將兩個雙人桌併成了一張四人餐桌，並順手把別人的包包，移到隔壁桌的一個空位上置放，得意地說：「妳瞧，這不解決了嗎！」小芳訝異地說不出話來，擔心等一下這座位的主人回來要如何解釋？果真不多久包包的主人端著餐盤回來，發現座位已被我們佔了，睨了一眼，氣沖沖地轉身走了。小芳覺得顏面盡失，尷尬全寫在臉上了。

兩個大齡男子坐下後依然繼續開心地聊著，小芳問：「我們不用點東西嗎？」兩人異口同聲說：「我們都吃飽了，坐著聊天就好。」小芳覺得不妥，建議：「我們至少該點一杯茶或咖啡，還可以回沖，否則被別人發現多麼不好意思。」此時她看見隔壁桌一位帶著兩個孩子在用餐的年輕媽媽，正斜著眼看著他們三個人，小芳坐著，彷彿前胸後背都貼滿了帶刺的眼光，讓她侷促不安。

A看她緊張地東張西望，說：「沒事的，若服務生發現問起來，就說朋友去買餐等一下就回來了。」B緊接著插話進來：「放心，不會有事啦！我們夏天經常跟朋友來這裡聊天吹免費冷氣，隨便你坐到什麼時候，沒人會趕你，只要包包帶著一瓶水就好，連飲料錢都省了。」這不可思議的想法嚇了她一大跳，且男人說這些話的時候神色自若，語氣裡帶著一股理所當然和鎮定。

小芳臉上三條線，心中一堆草泥馬跑過去。心想，不如自己去買一杯咖啡吧！但女人的腦子終究管不了她的一雙腳，腳踏不出去，她的身子就只能僵在椅子上。兩個男人，像失散多年的親人，訴說著往事一樁樁，只差沒有淚漣漣。小芳聽的多，說的少，有一搭沒一搭地漫應著。

她想起況周頤的一首詩：

「花若再開非故樹，雲能暫駐亦哀絲。不成消遣只成悲。」記得A與B以前在辦公室是正義感十足的一條漢子，如今二十年不見，竟成了愛貪小便宜的市儈之徒。

小芳故意拿起手機看了看，推說家裡有事先行離開了。走出了大賣場，她如釋重負，為什麼要來赴約？她始終想不明白。她打開包包找機車鑰匙，卻一手摸到了剛買的一對土耳其藍的耳環和項鍊，不禁啞然失笑！一場荒謬鬧劇終於落幕，小芳騎上機車沒入喧囂的車潮裡。

淡水河岸

秋陽朗燦的午後，幾個朋友坐捷運來到淡水，在女兒的帶領下我們走訪了充滿歷史回聲的紅毛城、小白宮、滬尾偕醫館、海關碼頭等古蹟景點，我們從容漫步，讓思緒隨著時光穿越重返歷史原點，感受那綠蔭蒼蒼的閒適幽靜，彷彿那純真的年代又回到眼前。

逛完幾個古蹟景點，女兒準備帶著大家轉往老街，但大夥兒雙腿在走了近三個小時的路程之後，早已疲憊不堪，紛紛想打退堂鼓，但看到老街一家家誘人且琳琅滿目的各式商店，霎時間精神又開始抖擻了起來，一夥人又吃又喝又買，手中的提袋愈來愈沉，眼睛愈來愈亮，腳步更是停不下來，朋友說難得有機會來淡水老街，今天不買，明天一定懊惱，大家像受到鼓舞似的，也就愈買愈理直氣壯了起來。

見天色漸沉，女兒在前面催促著我們：「大家別再買了，趕快去河邊看夕陽吧！」

佇足在河岸邊，靜靜地望著對岸的青青山脈與散落在河岸邊的人家，沒有囂張喧嘩，彷彿一個遺世獨立的桃花源，被時光隔絕在紛擾的塵世之外了。年輕時候曾經坐火車來過淡水，潮濕陰冷，是一個很落破的小村，但是卻樸實無華，如雲一樣的悠然自在，像河水一般不急不徐地流淌著歲月風華，沒有急切的名利追索，沒有曖昧不明的虛假，杜甫詩句中的「水流心不競，雲在意俱遲。」不就是如此的領悟嗎！

當夕陽緩緩落入海平面，我們在沉沉暮靄中，搭捷運離開了淡水老街。回程途中，大夥兒忽忽睡去，我拿筆寫下一首小詩：

若能把浮雲，鋪作一床溫柔
將秋波，釀作一江醇酎
閒飲酒，醉吟詩
此生復何求

讀書會

好朋友小莉是一個喜歡閱讀，也樂於將閱讀心得分享給朋友的人。退休後每次聚會總不忘帶幾本經典好書與大家交流與分享，有人生小品、中外小說、散文、古典詩等等各種不同類型的書籍。讀書會的地點，我們通常喜歡選擇隱身在小巷弄裡的咖啡館，靜謐的氛圍，適合閱讀與談心。

小莉會在大家用餐完畢清理好桌面之後，把帶來的書拿出來與大家分享她的讀後心得，並提出自己的看法與見解，這些書有的是舊書有的是新書，但以古典詩與現代文學為主。

有些暢銷書由於大家都熟悉，因此討論起來氣氛相當熱絡，碰到彼此意見相左時，一場激辯在所難免，想法一致時則開心地舉手擊掌，異與同，都有一分陶然之樂。不過不同的觀點有時候反而能激發出更開闊的視野與創作靈感，我就是在如此氛圍的薰陶之下培養出閱讀與寫作的興趣。

這小型的讀書會不定期舉行，只要小莉邀約，大家都會盡量排除身邊事物開心赴會。處於塵世樊籠每日為生活身心勞頓的我們，一場讀書會彷彿是一針強心劑，不僅讓頹喪消沉的士氣大振，亦使心靈的枯滯與空虛得到不少緩解。

「黑髮不知勤學早，白首方悔讀書遲。」年輕時，我們在家庭與事業之間奔波，在名與利裡磨刀霍霍，悲苦無以自抑。古人說：「書卷多情似故人，晨昏憂樂每相親。」書能觀古，書能鑑人，若我們能將閱讀視為自己最親蜜的伴侶，晨昏定省，想必定能見聞豐富、五車腹笥。

小莉經常喜歡送書給大家，多年來她的藏書有上千本，她說放在書櫃生蟲不如拿出來送朋友，她送給我的書中，我最喜歡Joan Chittister《老得好優雅》這一本，那是在先生過世的隔年，她送的生日禮物，我一直擺放在書櫃最醒目的位置。她經常說，生命已臨黃昏之境悠遊浩瀚書海，為生命添柴加火，自然不知老之將至。

這已經是多年前的往事了，「讀書會」之後因小莉與我回到學校唸書，課業繁忙而停擺。現在回想起來，當年大家在小咖啡館裡閱讀詩書的樂趣，如今因大家分散各地，再聚首似乎已不可再得，那些日子的「讀書會」離開我是一天比一天更遠了。

聽見花落的聲音

中庭花園裡有兩株雞蛋花，十多年前還只是兩株小樹苗，如今已有一層樓的高度，成了兩棵花樹繁茂的大樹了。

艷陽下滿樹盛開的雞蛋花，濃郁鮮豔的炙烈火焰，讓人眼睛一亮，彷彿在向世人宣揚它旺盛的生命力，我經常喜歡撿拾幾朵落花回家，置於書桌上的小瓦盆裡，雞蛋花香氣清幽淡雅，雖不若桂花濃郁，卻有一股自持的沉穩內斂，不起眼，卻使人靜定。

燠熱的夏日午後，陽光熾烈，忽地，沒來由的一場大雨，瞬間將炙熱的地面蒸騰起層層霧氣，枝頭上的雞蛋花，隨著這場疾行雨，紛紛自花樹落下，像撒下來的漫天花雨。

我站在窗台前看雨中的落花，想起秦觀的句子：「自在飛花輕似夢，無邊絲雨細如愁。」那漫無邊際的愁緒，似霧雨中飄飛的落花，這份惆悵，又有誰憐惜呢！豔陽下笑傲枝頭的雞蛋花，一場疾行雨便摧殘落地，猝不及防的人生不也是這樣嗎？

在生命長長的旅途中，步步都是罣礙纏縛，從花兒的綻放、凋零，慢慢領悟，生命的絢爛與失落，讓人心生喜悅卻也引人愁緒萬端，或許不執著，不焦慮，安靜地儲備生命續發的能量，才得以收穫下一次的爛漫吧。

看花的開落，彷彿在看我們的人生。

輯三　冷井情深

心中的太陽

男人是一家大型企業的主管，妻子任職於公家機關，倆人育有二子。男人喜歡跳舞，聽說住家旁的小公園每天晚上有國標舞社團，欲邀妻子同行，但妻子白天工作繁忙，回家只想好好休息，且對跳舞沒興趣，男人只好自行前往。

沒多久，男人在社團裡認識了小珍，小珍是國小老師，中年失婚，有一雙亮粲的眼神，很媚，常惹得男人春心蕩漾，兩人日日相擁共舞，動了真情。小珍像一列驚天動地的火車，從男人的心靈荒原直奔而來。她不是不知男人是有家室的人，但這男人細緻貼心，寵她、縱容她，而自己好不容易才掙脫了婚姻的枷鎖，如今再也不願走入家庭的牢籠，只要身邊有個真心相待的人就好，這男人是再適合不過了。兩人不張揚，掩飾得當，男人的妻子始終不知道他們的這段婚外情。

交往數年後，男人對她再也沒了新鮮感，他在社團裡又愛上另一個女人～小麗，男人想與小珍分手，小珍當然不肯，多少年來這男人就是她的心頭寶，她寧願冒著烈焰灼身的危險，也要把這一顆太陽擁入懷中。這男人曾經就像她心海裡的一座燈塔，帶給她泊岸的渴望。她一把鼻涕一把眼淚向男人哭訴，這些年的青春都給了他，不該有了新歡就把她棄之如敝屣，男人聽了心軟，從此不再提分手一事，卻逐漸疏遠了她，男人把她丟在精緻卻空蕩蕩的鳥籠裡，獨對枯瘦孑然的身影，偶爾過來看看她，安撫一下她不安的情緒，然後匆忙離開。

男人私下瞞著她與小麗暗通款曲。小麗是個聰明的女人，皮膚白皙，長相甜美，一束長髮，迎風款擺，模樣清純天真，又帶著點飄忽莫測的世故。小麗是個絕頂聰明的女人，認份地守在男人身邊不吵不鬧，她知道自己是第三者，但男人既然待她不薄，她又何須計較誰是正宮，誰是偏室而落人口實，說自己不識大體呢！

自從上次男人提出分手一事，小珍心裡就老犯嘀咕，她知道男人遲早會甩了她，如果不事先未雨綢繆，今後，要如何一人忍受獨處的寂寞長夜？她左思量右思量，看來公園裡的社團是不能去了，但還有哪裡是男人出沒較多的地方？她一時靈光乍現，想到同事阿芳最近在公園打太極而認識了一個喪偶的男人，立刻興奮地打了電話給她，說明天要去公園準備開始學太極。

第二天清晨，小珍起床精心打扮了一番，昂揚地往住家旁的小公園走去。一路上，她詛咒著那負心的男人，並發誓要在人生最後一道晚霞消逝前，找到另一顆生命中的太陽，她不要一雙盈淚的眼，不要一雙悲傷深鎖的眉，她安慰自己，下一個男人會更好。

「走著瞧」她嘴角上揚，冷笑著。

「卷盡殘花風未定，休恨，花開元自要春風。」稼軒詞說的不正是小珍的處境與心聲嗎？已是殘花敗柳的她，處處是心機，處處是算計，如今芳華已逝，春風不再，這一切何嘗不是自己的因緣果報？

「我們好聚好散吧。」一天她向男人主動提出了分手，因為她在公園裡已找到了心中的另一顆太陽，這溫暖的太陽，會很快擰乾她頰上的淚痕，只是，纏綿過後，伴隨而來的是否又是另一段磨難的開始？看來也只能午夜夢迴時，自去輾轉反側了。

生命有時候就是這麼兩難，單身也好，有伴也好，只是不能兩全。能夠在婚姻關係中兩人相互扶持，或者在單身的境遇裡，一個人安然自適，其實都需要智慧。有些夫妻在日月久長的婚姻裡，從當初「你眼中有我，我眼中有你」的熱戀期，變成了「相敬如冰」懶得再看你一眼的室友，雙方都想要離開尋找一個人的自由，然而單身之後發現獨舞的日子，生活依舊黯淡沉滯。

這些年我發現，能夠天長地久的親密伴侶，或者高喊單身萬歲的，都並不多見，我們大部分的人都在其中進退兩難啊！

想「婚」嗎？它不見得適合你，想走出「婚姻」嗎？外面的世界，並不是你想像中的美好。我想，面對感情，找到自己最恰當的位置，並專注在自己的感受上就好，至於最後是否能相守一生並不重要，而是你在這段感情中學到了什麼。

遇見

在這人來人往的車站大廳，有離情依依的情侶、有歡樂出遊的一家人和手提公事包神情匆忙，為事業打拼的上班族，每個人有每個人的生活目標與不可言說的心情，彼此擦身而過，誰也不記得誰。

神情落寞的妳，拖著行李走進高鐵車站，先去商店買了一瓶柳橙汁和一個甜甜圈當作午餐，再轉去購票窗口買了一張南下的自由座。坐電扶梯下去時，候車月台上列車已進站，妳往最後一節車廂走去。

選了一個靠窗的座位，妳拿出飲料與甜甜圈放在餐台上，瞬間甜甜圈糖蜜的香味撲鼻而來，吃進的第一口，彷彿所有的委屈都隨著糖蜜而消散了。其實妳很少吃甜食，但卻喜歡甜甜圈的名字，好似把愛情裡一圈一圈的甜蜜都吃進了心坎裡，卻不知越嚼越覺苦澀。

窗外的天空是憂傷的淺藍，山坡上的野花和小草，隨著奔馳的列車呼嘯而過，妳多麼希望人世裡的諸般苦厄，瞋恨怨憎，都能像窗外的風景，永遠留在不再回頭的曠野裡，不再追隨著妳而輪迴。

列車不斷地往前奔馳，記憶卻不斷地回到初見的時空裡。那是一個下著小雨的午後，你們去看了一部愛情片，在幽暗的電影院中，他將妳擁入懷中，妳依偎著他溫暖的身軀，血脈賁張的劇情，讓彼此耽溺於放縱與混亂的氛圍中，妳想抗拒，矜持地保持距離，卻被他的深情迷眩，連掙扎的力氣都沒了。

這已是好遠的故事了，為什麼每次坐上高鐵，妳還是會想起這一段記憶？是初見的浪漫情懷裡，有妳遺落的千頁容顏？還是，妳依然走不出他眉眼裡留存的溫柔？如今，時空再也無力回頭，妳彷如置身於層層漣漪之中，隨著水紋飄散而去，卻不知要飄向何方？

妳從包包拿出札記，翻閱著，試圖從文字的記載裡找回從前兩人的愛情故事，然而，妳忘了，真正感動妳的不是那些文字，而是藏入內心深處的那一份心靈的獨白。時間帶走了他的愛，電影院裡卻永遠棲息著一個，曾經擁有過的浪漫情懷。

車窗外的風景，一幕幕地自眼簾掠過，妳的心竟是微微地酸疼起來。三年刻骨銘心的戀情，竟因兩人對未來的目標無法達成共識而分手，幾番心緒千迴百轉，妳選擇一個人靜靜地離開，無怨無悔。驀然想起孫燕姿的一首情歌〈遇見〉妳不禁潸然淚下。

聽見　冬天的離開　我在某年某月　醒過來

我想　我等　我期待　未來卻不能因此安排
陰天　傍晚　車窗外　未來有一個人在等待
向左　向右　向前看　愛要拐幾個彎才來
我遇見誰　會有怎樣的對白
我等的人　他在多遠的未來
我聽見風來自地鐵和人海
我排著隊　拿著愛的號碼牌

人生還沒走到終點站，誰都不知道還會遇見什麼樣的緣分，是萍水相逢的海闊天空，還是撕心裂肺的一廂情願？別把自己束縛在一段感情中動彈不得，愛得簡單一點，才能挪移方寸，看見其實單身也很好。一個人的路，是學會成長的開始，沮喪不會跟著你一輩子，走過深淵巉巖，便是一路好風景。當記憶開始淡去，傷口就會結痂，痂脫落了，心就自由了……

最浪漫的事

大疫來襲，機捷車廂裡，一逕清冷。對面坐著一對年輕男女，忘情地纏綿繾綣，任它愛意蔓延，彷彿寂冷的車廂裡正迤邐著縷縷暖陽。妳轉頭望向窗外，刻意迴避。窗外正下著微雨，遠山近水在濛濛渺渺的雨中閃爍著詩一般的濃情。

到站廣播流瀉著不解風情的告別語，車速慢了下來。女孩依依不捨地離開了情人的臂彎，男孩叮嚀著：「下雨天，過馬路要小心一點喔！口罩戴好，記得到家了給我一個line。」「知道啦！」女孩嬌羞地回答，給了男孩兩個甜甜的小酒窩，走出了車廂。

車子又開始緩緩移動，男孩側身貼著車窗向女孩頻頻揮手，直到女孩的身影逐漸消逝在人群中。想必這就是戀愛的滋味吧，那樣的眉眼已訴說了一切。

妳望著窗外，思緒隨著飄散的霧雨越飄越遠。

那是一個下著濛濛細雨的晚上，男孩下課後坐火車來宿舍找妳，你們一起去逛士林夜市，吃妳最愛的刀削冰，直到夜色已沉才催促他趕快回宿舍。你們依偎在月台上情話綿綿，不捨離去，每班火車來了，男孩都說：「再等下一班吧！」，就這樣倆人聊著、聊著，竟然錯過了最後一班火車。

「怎麼辦？你要怎麼回去？」妳焦急地望著鐵軌上漸行漸遠的火車。

「沒關係，今晚我就睡在車站，等明天一早的火車來了再回學校，我先送妳回宿舍吧。」「那我也不回去，我陪你。」男孩吃了一驚，把妳緊緊擁在懷裡。

入夜後，空氣濕冷，男孩脫下外套覆在妳身上，倆人在車站的椅子上半睡半醒過了一宿。多年後，你們手牽著手走進結婚禮堂，走向幸福的未來。年輕時候的愛很簡單，一句承諾即是一生。

在你們結婚三十周年紀念日的那天，男人親手寫了一張浪漫的卡片與一束玫瑰花送妳，他深情地望著妳，打開卡片，唸著：

「我能想到最浪漫的事，就是和你一起慢慢變老
一路上收藏點點滴滴的歡笑，留到以後坐著搖椅慢慢聊
我能想到最浪漫的事，就是和你一起慢慢變老
直到我們老得哪兒也去不了，你還依然把我當成手心裡的寶」

這是你們很喜歡的一首情歌〈最浪漫的事〉，瞬間，妳的淚水嘩啦嘩啦地溼了滿臉，男人掏出手帕揩著妳的淚，輕輕將妳擁入懷中……

家後

許久不見小雲來健身房運動了，一天倆人在路上巧遇，追根究柢想要問個清楚，只見她輕聲一嘆：「說來話長，但都過去了。」

她說老伴自職場退休後生活一派輕閒，整日精神矍鑠地窩在沙發上追劇打電動，除了吃飯、睡覺，一逕像尊雕像紋風不動的坐著，要他幫忙做一點家務事就說：「別急，先擱著等一下就來。」最後看不慣的她還是自己做了。看著老伴日益寬廣的身材與逐漸攀升的體重，讓人抑鬱憂焦，心想若長此下去健康堪慮。

一回，靈機一動力邀老伴加入健身中心，且興致高昂地向他解說各項健身器材與有氧課程，她說得口沫橫飛，老伴卻置若罔聞。一腔熱情彷彿被澆了一盆冷水，心中悵然不已，但她仍不死心日日殫心竭慮地想方設法。一日見老伴心情大好便又建議一起去公園快走，她摟著老公說：「你看公園裡那些人個個都精神奕奕，看起來年輕又健康，我們何不也加入他們運動的行列。」哪知老伴不假思索地回：「請不要情緒勒索，自己的人生自己負責……」他順嘴又俐落地長篇大論與睥睨一切的神情讓人為之氣結，看著老伴依然活得恣肆囂張，她可是萬念俱灰內心柔腸寸斷。

日子一天捱過一天，她發現自己臉上的笑容越來越少，脾氣越來越暴躁，一日午後，一股腦兒扼抑不住的怒火終於爆裂開來，終於對老伴下了最後通牒，規定他每天得抽空去公園運動，否則三餐請自理，老伴見情況不妙，輕率敷衍了事，心中卻是另有對策。

她心中暗自竊喜詭計得逞，一日早晨老伴出門運動，她將家事料理好準備去市場買菜，經過巷口的早餐店，忽地從玻璃窗瞥見一個熟悉的身影，定睛一看，那不是自己的老伴嗎？原來他沒去公園運動，正好整以暇地坐在一個隱密的小角落裡，一手飲料，一份報紙，隨著輕柔樂曲微晃著身軀，天真爛漫地像個孩子，原來他每日躲在早餐店裡暗自吞忍種種失落，只為了安撫她暴怒的情緒。看著曾經英姿勃發的少年郎，如今已是兩鬢蒼然的老伴兒，就不禁傷心了起來。她走進早餐店拉起老伴的手說：「我們回家吧！」眼神中滿是憐惜與歉意。

她與健身中心解了約，每日清晨與老伴相偕去公園運動，付諸行動後不但體力與精神變好，還因此結交了一群志同道合的朋友，大家不但相互交換健康資訊，更經常相約出外尋幽訪勝遊山玩水，身心融於林豁幽趣間，深深體會出「光陰閒處來，世界靜中寬」的無窮逸趣，想不到緩步慢行的生活節奏反而更加歡暢輕快。

江蕙有一首經典歌曲〈家後〉感人至深：

有一日咱若老
找無人甲咱友孝
我會陪你坐佇椅寮
聽你講少年的時陣
你有外摮
吃好吃醜無計較
怨天怨地嘛袂曉
你的手我會甲你牽條條
因為我是你的家後

俗話說：「少年夫妻老來伴。」佛家經典更是提醒我們：「不忘初心，方得始終。」看來美好的婚姻生活的確需要彼此用心經營，方能攜手走過一路山長水遠的日子呀！

分手快樂

天氣果真說變就變，早上還是個艷陽天，午後就下起了聲色俱厲的大雨，正準備入房小寐片刻，妳打了電話來：「剛剛簽字離了婚，現在心煩不想回家，我在妳家樓下的咖啡館，有空陪我聊聊天嗎？」從妳不顧一切一腳跨進婚姻殿堂的那一天起，我就預知了今天的結局。妳年輕涉世未深，他貪玩定性不夠，只因長得帥，幽默風趣，妳就一頭栽了進去。

妳躲在咖啡館的一個陰暗角落，抱膝而坐，呆望著窗外哀號不絕的霧雨。咖啡杯緣，緩緩升起一縷清煙，霧氳裊裊，眼眶中噙著淚水，見我走來，爆出哭聲。我將妳輕擁入懷：「別難過，都過去了……」

婚姻是戀愛的墳墓，妳就這麼順勢地跳了進去，從此不見天日。這一年，妳將自己放逐在生命最寒涼的角落，那些曾經的美好，像窗外層層霧雨，看得到，卻抓不到。當妳為愛費盡千辛萬苦，當妳被愛逼得無路可走，也就知道是該結束這段婚姻的時候了，只是妳不甘心，當初為婚姻犧牲了所有，那屬於妳自己的人格特質，也無情地被屏棄在了門外，妳說，那可是他當初最愛妳的一部份哪！然而，妳忘了，青春韶華，愛恨情仇，這紅塵世事原本就起手無回的啊！多少煙雨樓台，寒水孤舟，妳也只能自去塗抹那一片滄桑的斜陽景致，就算妳把沙漠哭成了雨季，卻再也也滋潤不了乾涸的愛情了。

角落裡，妳眼淚撲簌簌地流，當初兩個人愛的昏天黑地，一心一意只想趕快走入婚姻，等真正走了進去，才發現全變了調，婚姻生活像是沒有窗戶的牢籠，讓妳快要不能呼吸，生活瑣碎，婆媳問題，更是讓人焦頭爛額，幾乎快要頻臨崩潰邊緣，當妳知道兩人之間不會再有美好的交集，於是協議分手放了彼此。

在妳靈秀和艷媚交揉的面龐裡，透露出一股滄桑的風情，讓人難以相信，年紀輕輕的妳，竟然有著一對浸透世情冷暖的眼眸。當妳在婚姻生活中，發現自己越來越沒有了自己，妳恐慌，束手無策，妳曾經找過心理醫生與婚姻諮商師，希望能渡妳迷津，但總得不到妳想要的答案。妳曾經問我，經營一段婚姻有那麼難嗎？

經驗法則告訴我們，當妳一旦決定走進婚姻生活，就必須要做好自己的心理建設，妳要收起現代女人的傲氣，學習傳統女人的認命，用互信互諒互讓，慢慢磨平自己多稜多角的個性，才能在婚姻生活裡求一個圓滿，才能經得起任何的大風大浪。妳年輕任性，他貪玩不受拘束，彼此都不願為對方退讓一步，更不願嘗試為未來一起努力，婚姻和戀愛本來就是兩回事，戀愛沒有一紙合約的束縛，可以浪漫破表，可以不合就說分手，一旦走入婚姻就有責任與義務要承擔，彼此若沒有如此的共識，就很難再繼續走下去。

我們常常在你儂我儂的當下，看不清愛情的真貌，相信「曾經滄海難為水，除卻巫山不是雲」、「天不老，情難絕」的永恆詩句，認為真心愛一個人，就該用一生來守候。然而，兩個人是否能走過天長地久，需要的是相互包容與體諒，如果婚姻走到了無以為繼的地步，不妨好聚好散，不需要為了一張結婚證書相忍一輩子，相互折磨，弄得滿身傷痕。

窗外的雨終於停了，妳露出梨渦淺笑：「真好，天氣放晴了耶！」淡淡的斜陽，透過鏤花的窗簾，在桌面上映出朵朵柔情的花朵，此時，咖啡館內正播放著梁靜茹的一首情歌〈分手快樂〉：

「分手快樂　祝妳快樂　妳可以找到更好的
不想過冬　厭倦沉重　就飛去熱帶的島嶼游泳
分手快樂　請妳快樂　揮別錯的才能和對的相逢
離開舊愛　像坐慢車　看透徹了心就會是晴朗的
沒人能把誰的幸福沒收　你發誓你會活得有笑容」

妳跟著旋律輕輕哼唱，問：「也喜歡這首歌嗎？」我微微笑著，甚麼也沒說。

放下一段不屬於自己的感情，去尋找一個真正懂妳的人，愛情給了妳那麼多痛徹心扉的學習，那麼多刻骨銘心的體會，才能讓妳在未來時晴時雨的感情世界裡從容面對。當音樂結束，感情走到終點，不必太過悲傷，只要給曾經共舞的那個人衷心的祝福與感謝就好。放下所有的責難與懊惱，給自己一個平靜自在的心靈，面對未來，你依然有一個亮麗的晴空值得期待，你只需要有一個溫暖明亮的內在。

月明月暗總愁人

眷村，有許多小巷弄裡的故事，有大人的情慾，有女孩的愛情，有孩子的美麗天空，有永遠唱不完的故鄉的歌。天上的星辰，雨後的彩虹，都曾是我們在悠長黯黑裡希望的記憶，這份記憶伴隨著我們一起成長，不曾褪淡，然而，有些往事是否該遺忘？

村子裡有一個漂亮的大姊姊，年齡大我十來歲，印象中，當我七、八歲的時候，她已經出落得相當標緻。每天傍晚她出門準備上班時，總會在村子裡的大馬路上引起一陣騷動。合身的蓬蓬裙，典雅的繡花包或亮麗的珠包，烏黑長髮繫著絲綢般的緞帶垂在肩上，彷彿即將為趕赴一場盛宴而去。

眷村是一個沒有秘密的地方，好事不出門，壞事傳千里。大人說她為了改善家境，在七賢路的酒吧上班，店裡出入的大多是年輕的美國大兵，做的是陪酒的工作。二十歲左右的女孩，就像春天的花朵，夏天的陽光，亮麗繽紛，花姿嫣然。當時村子裡每一戶人家的孩子都還是一個個沒長大的蘿蔔頭，這女孩在一堆毛小孩裡，顯得份外耀眼。村子裡的媽媽們，沒事做的時候，總喜歡東家長西家短的說三道四，這個女孩被大人們渲染成是一名酒家女，再添油加醋一番，說是順道兼陪睡。

孩子在大人們的竊竊私語中，得知關於這個女孩一些似是而非的不堪，之後，每天傍晚當她出現在村子的大馬路上，孩子們就會用小石頭丟她，並且用很鄙視粗俗的話語辱罵她，然而，她卻從不躲藏，只是站在那裡，用兇狠銳利的眼光瞪著你，大聲斥喝：「你們誰敢再丟丟看。」這時候，孩子們便會一哄而散，可是第二天傍晚，相同的戲碼又會再度上演。當時小小年紀的我看著這一幕情景，總為她叫屈和心疼，到底是為了什麼原因讓她甘願遭受如此屈辱？為了改善家境，還是愛慕虛榮？

每天傍晚，我總愛站在自家的巷子口，等著她的出現，她就像從童話故事裡走出來的灰姑娘，坐著南瓜車去到舞會裡，當子夜的鐘聲響起，她又變回了一個美麗的廚娘～Cinderella！不久之後，這個女孩戀愛了，一個美國大兵擄獲了她的芳心，有時候在村子的大馬路上，我們經常可以看見他們甜蜜地手牽著手走在一起，一副幸福的模樣羨煞了村子裡許多的女孩們。崇洋媚外的心態，在那個窮困的年代裡，是我們心中一個不能說的秘密。

我們以為從此這齣戲應該走向一個幸福圓滿的結局——女孩嫁給了她的白馬王子，去到了天涯的另一端。然而隨著美國男孩的軍艦離開了台灣，他們的戀情也宣告結束了，後來這個女孩與家人離開了村子，從此不知去向。有人說她又回到酒吧陪酒成了一名酒家女，年華老去之後嫁給了一個老兵，但沒多久就離了……她的故事在清寂的巷弄盡頭傳說著，讓人不勝唏噓。

我站在窗檯前，望向落日前的那一片寧靜港灣，似乎看盡了身邊的無常，任何有形的離合聚散，無形的恩恩怨怨，都在眼前活生生地被時光熬成了塵土與雲煙。最淒美的愛情，在剎那間生成，卻又在剎那間幻滅。港灣上的行船，來了又走，在送往迎來的人生裡，讓人有一分寂寞無邊的蒼涼之感。

每次騎車經過小時後的眷村總想要多看它幾眼，民國八十六年舊眷村拆遷至中華五路的正勤國宅，這片偌大的土地就被建商買去，如今看著一棟棟的港灣新豪宅在落日餘暉裡閃耀著動人的霞光，竟有著莫名的傷感。當年在大樹下一起嬉戲遊樂的同伴，如今成了老年的舞者，我們各自在人生的舞台上旋轉、凝視、獨白。防空洞、籃球場、茅廁、打水爐、雜貨鋪、露天電影院與那長長的記憶，都隨著海風裡的夕陽永遠沉落了。生命從有到無，從無到空，誰能在劫毀中依然無動於衷？

「三聲猿後垂鄉淚，一葉舟中載病身。
莫憑水窗南北望，月明月暗總愁人。」

白居易的這首詩帶給人無來由的幽怨與淡淡的哀愁。世間行走，其實什麼都無法挽回，但是，我知道自己仍在時光的小河流裡行舟……

三寸天堂

窗外的雨依舊下個不停，讓人夜不成眠！妳起身捻開了床頭燈，已是深夜三點。順手拿起了床頭上的書「林徽因傳」，妳在書中夜遊著，想他此刻是眠著還是未眠？

你們曾經有夢，但這夢還是給現實擊碎了，你們各自捧著破碎的心，回到未相識的從前，算算從相識到別離，也走過了許多年，算是歷盡滄海了。當年林徽因離開了徐志摩，選擇了梁思成，梁思成曾經問過林徽因：「為什麼是我？」林徽因回答得巧妙且深情：「答案很長，我得用一生去回答你，準備好聽我了嗎？」

記得他也曾經問過妳：「為什麼是我？」妳俏皮地說：「答案很簡單，你上輩子欠我的，要用這一生來償還啊。」他貪戀地看著妳的眼眸，眼睛裡有妳幸福的淚光，「死生契闊，與子成說；執子之手，與子偕老。」他說，這一生無論風雨疾苦將一起承擔，妳猜想這應該就是他的承諾了，妳涎著一張臉，準備當他的新嫁娘。妳不知道一生有多長，但只要他陪在身邊，就算沒名分也甘願。

他曾經為你們這段感情真心地努力過，但這些年來孩子無辜的臉龐始終如影隨形，他心疼不忍割捨。家庭困住了他，妻子不肯放手，這段驚心動魄的軌外之戀，注定只是一場無言的結局。他說，他是天上飄浮的遊雲，妳是地上的芳草青青，永遠無法相依，只能相惜。海闊天高，長路漫漫，如何能守得地老天荒，細水長流？看來橫在彼此之間的塹淵，你們是怎麼也越不過了。當他拔足泥淖作勢離去，在道德良知的審判下，妳已欲辯無言。妳甚至懷疑，這些年兩人之間的溫存，只是他用來緩和婚姻中的淡漠僵冷，妳為何要做一隻撲火的飛蛾，任憑烈焰焚身？

他離開的那一天，對妳說了一句話：「茉茉，一些事，妳以後慢慢就懂了。」妳哭泣、憤怒，緊抓著他的手不放，嚷道：「我不想懂，也永遠不會懂。」他什麼也沒說，放開了妳的手，消失在陣陣霧雨中。

一年後，妳遇到了現在的丈夫，倆人很快決定攜手一生。妳曾經問過自己，愛這個男人嗎？其實並不深刻，只因為他給得起妳要的未來。

一個秋天的午後，妳一個人坐車來到你們以前常去的一間咖啡館。一杯咖啡，一個回憶，這裡有你們許多難忘的過去。他曾說要帶妳遠離塵世，行走天涯，過著神仙般的生活。從此，妳開始憧憬著兩人美好的未來，只是妳的未來，他沒跟上來，他把未來給了妻子與孩子。

暮色緩緩下降，天色暗了下來，窗外開始飄起漫漫雨絲，妳收拾東西準備離開，此時一個男人正好走了進來，妳吃了一驚，他怎麼會來？來找過去的回憶？他愣愣地望著妳，一時說不出話來，半晌才問：「近來好嗎？聽說妳結婚了……」他語帶哽咽，眼眶含淚。妳抖了抖嘴唇，什麼也沒說，轉身離去。擦身而過的瞬間，背後陡然傳來一聲聲熟悉的呼喚：茉茉……茉茉……妳沒有回頭，加快了離去的腳步，眼淚卻不聽使喚撲簌簌地流了下來。那聲聲呼喊，一陣緊似一陣，飄盪在濕冷的秋夜裡……

「不再看天上太陽透過雲彩的光，不再找，約定了的天堂，不再嘆你說過的人間世事無常，借不到的三寸日光，那天堂是，我愛過你的地方。」嚴藝丹〈三寸天堂〉，娓娓唱出了妳心中的痛與怨。妳說：今生無緣，來世必將尋回！

小沙彌

曾慮多情損梵行，入山又恐別傾城。
世間安得雙全法，不負如來不負卿。

倉央嘉措的這首深情詩，讓我想起多年前在健身房一個小沙彌的故事。

有一天健身房來了一個穿著一襲紅色袈裟，頭上頂著戒疤，年約二十多歲的年輕小沙彌。他個子不高，皮膚白皙，胖嘟嘟的模樣相當可愛，出入都以名車代步，大家莫不對他的來歷與出身感到好奇，經常在背後議論紛紛。有人批評，出家是一生一世的選擇，首當具有出世的性格，否則人在佛門，心在紅塵，焉能虔心修道？

每當他穿著一襲袈裟走進健身房，吵雜的人聲驀地安靜下來，健身房頃刻變成了佛堂，大家的目光有志一同地朝他望去，但他不搭理任何人，一逕默默地在跑步機上快走，運動完了就離開。忽然有一天，他換下袈裟改穿了一套大紅色的運動服來健身房運動，引起一片嘩然，不過大家猜測，或許是袈裟太厚重運動不方便，且身著袈裟太莊嚴，叫人敬仰而不敢親近。

一天，有氧教室的門口突然擠了一堆人瞠目結舌地在張望，原來是他正與一群姊姊妹妹們，開心地在上扭腰擺臀的流行熱舞，並不時與旁邊年輕的女孩攀談嘻笑，這歡樂的容顏如此燦亮，頭上的戒疤似乎再也容不下往事的痕跡。許多人看不下去，搖搖頭，嘆著氣離開了。

一段時日之後，朋友說他動了凡心還俗了。原來是健身房的一群大哥經常帶他去酒店吃喝淫樂，放逸散漫的生活，把一顆心困了進去。你很難想像這些年，他在佛前究竟領悟了些什麼，他對佛法如此輕蔑的態度，讓大家紛紛感到不解與惋惜。

他眉睫清秀，若不是已剃度出家，應是一翩翩美少年，手捧一本佛經，持戒修法，木魚青燈伴隨走過人世貪嗔癡愛，如今捨佛入紅塵，為的又是什麼？有人說是前世的因緣未了尚有諸多牽纏，有人說是年紀輕輕定性不夠，戀戀紅塵俗事情腸，又怎能有說捨便捨的大智慧呢！

這人間情事是道不完的癡，我想天上神佛也只好成全這少男情懷的深情與不悔，從此一身華服，行走紅塵，是苦是樂，都要自己去承擔了。

開到荼蘼花事了

荼蘼花開時節，枝梢繁茂，花香濃郁，花貌清麗絕俗，大多為白色，亦有淡粉紅色系的荼蘼花，風韶典雅迷人！蘇東坡詞：「不妝艷已絕，無風香自遠。」可見荼蘼花香，的確奪人心魄。

荼蘼花語為「末路之美」，在《紅樓夢》第六十三回，眾女掣花籤，麝月抽到的籤正是荼蘼，籤上寫著一句舊詩：「開到荼蘼花事了。」這花籤彷彿說中了麝月的命運，她見證了賈家由繁盛走向衰敗的命途，她也是陪著寶玉走到最後，直到出家為僧的丫頭。

荼蘼花開燦爛，在暮春後就結束了花期，所以荼蘼花開可以解釋為一段感情的結束或青春的遠颺！蘇軾詩云：「酴蘼不爭春，寂寞開最晚。」這兩句詩說明了，一份天長地久兩心不渝的真感情，即使相逢恨晚，即使無法牽繫一生，但只要留下過雪泥鴻爪，縱使寂寞的來寂寞的去，又有何怨呢？

「開到荼蘼花事了」出自於宋代詩人王淇《春暮遊小園》：「一從梅粉褪殘粧，塗抹新紅上海棠，開到荼蘼花事了，絲絲夭棘出莓牆。」此後人們便將「開到荼蘼花事了」來形容事情已走到了盡頭與尾聲，尤其喜將荼蘼花開來形容女子的感情無著與消逝！

我們一生都在尋找，一個可以和自己寫愛情故事結局的那個人，我們也總是在愛情的旅途中，和一個個伴侶相遇後又分離，最後又各自走上各自的歸途。愛情有時候就像荼蘼花，花開過後也就結束了，但結束了這段感情，並不表示愛情已走到了盡頭，也許下一段的感情更值得你去期待呢！讓我們耐心等待來年的荼蘼花開吧！

真心換絕情

曾經在書中看過這樣的一段話：

「別在他的一句話裡，就虛構了一個人生。你走進過那樣的迷宮，從他信手拈來就給你的感動出發，耗費了那麼多的時間和眼淚，才知道那是一場永遠沒有終點的迷走。」

你們在一群朋友的聚會中相識，他恂恂儒雅，風趣浪漫，兩人又有共同的信仰與興趣，因此你很快就陷入情網無法自拔，以為終於找到了真愛。那時的他與前女友分手沒多久，剛從感情的泥沼中走出來。

你天真的以為，只要傻傻地不求回報的為愛付出，就能感化一個人，找回他的真心對待，但一直以來你的付出，並沒有得到他相等的回報，他也幾乎不曾為這段感情努力過，你對他的好，他並不珍惜且習以為常。直到一天，曾經背叛他的前女友回來想要復合，於是他與你提出了「分手」，此時你才終於醒悟，原來這些日子以來，你只是一個影子，一個替身。

在你們交往的那一段時間裡，經常對朋友給予的警告置若罔聞，其實你從他的手機裡早已看出了一些端倪，只是當時鬼迷心竅的你，總安慰著自己，誰又沒有過去呢？只要此刻的他依然在身邊守候著你就足夠了。

直到分手後，你才看清了真相，才真正地了解愛情從來就不是一個人的事，有些真心能換真心，有些真心換回的只能是李清照的詞《悽悽慘慘戚戚》，若你還搞不清楚，在那兒長亭短亭折柳依然，最後苦的只能是自己。一個真正愛你的人，不會讓你有傷心的淚水，一廂情願的愛，永遠走不過天長地久，一份灼艷的愛，傷的終究是自己！

在你們分手兩年後，前女友另結新歡又離他而去，他回頭找你想要復合，你拒絕了，因為你不想再當一個影子。他從不曾真正的愛過你，他喜歡的只是你對他的好與無止盡的付出，享受被你呵護與照顧的幸福感，他隨時可以把你丟下轉身離開。

愛情給的痛，讓我們學會了勇敢地去面對自己的傷疤，不管曾經如何的愛過，那些好的，不好的，都把它放進愛情的墓園裡埋葬掉，然後告訴自己，今後再也不被最愛的人所傷。

有些人，只能是你路過的風景，走過就好。

有些情，在你轉身後就成了回憶，愛過就好。

有些話，說與不說都是一種傷懷，忘了就好。

愛情帶給我們真正的覺醒，不是最後兩個人是否修成了正果，而是你把曾經迷失的自己找了回來。當你面對舊情人的一切，再也沒有情緒波瀾的時刻，也就真正的走出了這段感情的糾葛，找回了曾經的朗朗晴空！

有一天你會明白，在愛情裡，沒有誰不能沒有誰，沒有誰是不能翻頁的一面，翻過了這一頁，才能繼續去寫愛情的下一章，讓未來的幸福走進來！

一個不值得你等待的人，就不要再期待他日緣遇，共剪燭西窗，李商隱的〈夜雨寄北〉寫的是真情對待的有緣人，浪費你青春大好時光的負心人，還是忘了吧！

情人節花束

令人沮喪的情人節又來臨了。一早到辦公室，看見大家都像中了樂透般開心，Linda和Mary為了晚上的情人節大餐，今天上班特地精心打扮了一番，Nancy更是眉飛色舞樂不可支，嚷嚷著男朋友送了一個名牌包，大夥兒欣羨不已，直說有錢真好。約莫到了中午，一束束活色生香的情人節花束陸續送達，簡直把整個辦公室妝點成了一座美麗的小花園，那一幕幕歡樂且浪漫的風情連自己也被感染了，她納悶著，何以區區一個情人節竟能引起這般沸揚的反應？但她知道自己永遠無法成為那其中一道風景，她怔怔地看著眼前的一切，心抽了一抽。

印象中自從結婚後她就再也沒收過情人節的禮物了，那浪漫的節日彷彿從此跟她劃清了界線，宣告青春已遠颺。這些年每當同事問起情人節要怎麼過，她總是尷尬地一笑帶過，心中百味雜陳。

一股無可名狀的念頭如潮水般向她襲來，她知道，今晚，她需要一個荒誕無稽的浪漫來填補生命中的虛空。

拿起手機她撥了一通電話給花店，用老公的名字訂了一束香水百合，指定晚間六點三十送達，貨到付款。花店是熟識的朋友開的，還因此給了她一個特別的折扣。掛了電話，她冷冷地笑了起來。

下班回家她趕緊去廚房張羅晚餐，沒多久老公也回來了，走進廚房問：「晚餐吃什麼？」「別急，先去客廳看電視，菜一會兒就上桌了。」說這話的時候，她的心撲通撲通地跳個不停，眼中視頻忽地跳出一張氣急敗壞的面容，她知道一場災難即將來臨。

菜剛上桌沒多久門鈴響了，老公起身去開門。花店小弟捧著一束香水百合，笑盈盈地問：「請問您是○○○先生嗎？這是您訂的情人節花束，總共三千塊。」老公一頭霧水：「我沒有訂花啊，你們會不會弄錯了？」她趕緊離開餐桌走過去：「沒錯沒錯，是我早上幫你代訂的，今天是情人節嘛。」

「為什麼不事先跟我說一聲？都什麼年紀了還搞這種浪漫……」花店小弟在兩人糾結不清的狀態下，急忙說：「可以先跟您收三千塊嗎？我在趕時間，對不起。」

她匆匆回房間從老公的皮夾抽出三千塊遞給花店小弟，拿回她的香水百合，然後轉身去櫥櫃拿了一個玻璃瓶插上，心裡泛著一絲幸災樂禍的快感。

老公一臉不悅，拉高嗓門衝著她問：「三千塊可以買多少東西妳知道嗎？『勤儉持家』這道理懂不懂，妳什麼時候開始喜歡搞這種浪漫，那是年輕人的玩意兒，商人的計謀，我們這把年紀過日子要懂得量入為出，車貸房貸生活開銷樣樣都要錢，妳能不能務實一點，要訂也訂便宜一點的，三千塊不是個小數目，還自作主張替我代訂……」

她一句話也沒放在心上，看著瓶中那一大束香水百合，她開心地唱起歌來，並順手拿起手機拍了幾張照片傳到群組，寫著：情人節老公送的香水百合，這一大捧可不便宜喔，要三千塊呢！

老公餘怒未消，逕自走入書房關了門，不再出來。

女人一生到底需要多少情人節花束，才能證明愛情的不敗？她含情凝視瓶中的那束香水百合，六年了，她還記得與老公初相識時的第一個情人節，自己手中的那一大捧花束，現在回想起來，彷彿女人一旦走入婚姻，一切有關浪漫的事也就從此煙消雲散了。

心晴

當你和情人分手，心情鬱悶不開的時候，會做些什麼呢？我是去陽台洗衣服。

我把所有髒污的衣服，放在一個大盆子裡，接上自來水，放進洗衣精，用手輕輕攪拌一下，就有許多花香的泡沫出來，再用力搓揉拍打一番，髒污就洗淨了。

香香的泡沫，是苦澀心情的調味劑，那濃郁的香氛好似咖啡加了糖和奶精，驅散了萎靡，振奮了精神，當你再用力搓揉一番，就把一切的不愉快與鬱悶都搓洗掉了。

一盆污水倒掉，打開自來水把衣服在清水裡一遍一遍地漂洗，心情也彷彿像那水中的衣服，一下子就舒展開了。一顆心從現實的慌亂喧囂中走出來，得到一種安定的力量。最後拿到陽光下把衣服晒個乾爽，讓淚珠一併隨陽光蒸發，心情就轉晴了。

我終於明白，自己就是自己最好的情人。

一個人不會是快樂的絕緣體，也不會是孤單的代名詞，兩個人不會是生命裡唯一的選擇，也不會是幸福的保證題。有些人只能是生命裡的過客，緣深緣淺，強求不來，隨緣自在就好！學會與孤單相處，找到孤單的樂趣，你會發現這世界並沒有什麼不同！

人是一個獨立的個體，不屬於任何一個人，你只能學會自己照顧好自己，自己與自己相伴，一個人的生活也許是孤單，卻也自在如藍天裡一朵優雅的浮雲，重要的是，如何去把一個人的平淡變成一種幸福的方式。

你要用自己的努力，在自己的心田開花結果，並試著把一個人的生活過成自己的未來，這未來有自己的期許與盼望，而不是滿身的傷痕。一個人的散場電影，一個人的寂寞晚餐，別人看來或許是心酸，在自己的心裡，又何嘗不是一種自得的歡喜。調整好自己的心態去面對，你就能找到自己想要的幸福。

一個人走過許多年，逐漸發現，一個人能擁有的美好，其實與兩個人在一起並無太大的差異，你也許會失去一些東西，但也相對的會從中獲得一些東西，愛情不就是在不斷地失去與獲得中，讓我們學會了成長嗎？

在愛情的這條道路上，總會有風有雨，然而，不管你面對的是個什麼樣的難題，都要相信，即使是一個人，也能像蝴蝶般翩翩飛舞，開創屬於自己的美麗春天！快樂是一種能力，隨時都能妝點你的心情，展現你的堅強和美麗。

輯四　歲月拾掇

枋寮小鎮

枋寮，一個位於屏東平原末端的南方小鎮，東臨大武山，西臨台灣海峽，依山伴海，風景秀麗。以前讀屏大時就曾聽老師提起過這個美麗小鎮，一直想找時間去走走，但忙於學校課業無暇前往，如今畢業了，終於可以一圓我島嶼旅行的夢想。

一早上網查好了火車班次，帶著水壺和遮陽帽，揹著包包出發去。

十三點二十六分，3063號的區間快，終點站是枋寮，車程一個多小時。上了車，臨窗而坐，陽光在身上四處遊走，晴朗的好天氣舒人心懷。想起以前讀屏大研究所時，週六、日去學校上課，搭乘的幾乎都是區間車，因為是假日，車上乘客多是年輕族群，他們彼此攀談嬉鬧著，像窗外的陽光，明亮、燦爛。我經常在車上拾獲一對對情侶們甜蜜的嬌笑與愛意，或是隨著爸爸媽媽快樂出遊的孩子們臉頰上雀躍的笑容，他們為這難得的假期帶來一些生氣，一些青春的樂曲，雖然自己是帶著緊繃的心情，去面對一整天繁忙的課業，但我眼中卻燦亮著對生命的感恩與祝福。

火車一路自顧自地停靠與離去，旅客上車、下車，明晃晃的車廂裡，隨時都有不期然的人事物出現在眼前，就像是即時的網路直播，原來一個人旅行的樂趣，從坐上火車的那一刻就開始了。車過林邊、佳冬，終點站枋寮就快到了，我收拾好東西準備下車。

從月台到車站大廳須經過一條地下通道，走道兩側牆上掛著一些藝術家的壁畫與文宣，像是無所謂的擺飾，沒有人特別停下來瀏覽。遊客比較感興趣的是，車站大廳蓮霧造型的座椅設計，它展現出枋寮的農業特色，讓行經的旅客莫不嘖嘖稱奇，我坐在上面用手機自拍了一張照片以示到此一遊。

聽說枋寮車站大廳有一幅詩人余光中《車過枋寮》的新詩，我四處張望，在一面牆上尋著，我一遍一遍地看著，原來這小鎮也曾在歲月的長廊中活躍過，如今，詩人與時代已遠去，或許借一首詩，將記憶開啟，讓風兒帶著心靈飛起來，越過高山與大海，找回甜甜的過去。

二〇一六年改建後的枋寮車站外觀鮮明亮眼，車站廣場有枋寮農漁業特產的形象藝術裝置，從車站通往F3藝文特區的路上，牆面上有一座藍色LED火車頭燈飾，就是近二年來很夯的「藍皮意象館」。二〇二二年七月開幕的「藍皮意象館」，除了提供藍皮解憂號的旅客在登車前休憩之所，更有旅遊資訊服務站、展演空間、伴手禮商店等。藍皮解憂號觀光列車自二〇二一年首航以來，不但是鐵道觀光迷的熱門選擇，更是屏東縣最具代表的旅遊路線，希望藉由旅遊觀光人潮的湧入，帶動枋寮鄉的經濟發展。

由於非假日，街道上少有行走的路人，這安靜且寂寞的小鎮，自有它一貫的生活步調，不驚動誰，也不被誰打擾。我穿過老舊商店往海邊走去，許多商家都關門歇業中，相較於遊人如織的熱鬧景點，枋寮別有一股寂冷素樸的味道。走了沒多遠，見路邊有賣蔥油餅的小攤，便走了過去。

老闆問：「要加蛋或加肉？」

「加蔥就好，醬油膏和辣椒都不要。」原味的才有眷村的味道。

其實不餓，只是想找回童年時的回憶和媽媽站在煤球爐邊，為一家七口，和麵煎餅的落寞身影。小時候，這一片什麼都沒有的薄餅就是我們的一餐，當年懵懂年幼的心，不懂什麼是珍饈，只要餐餐能有飯吃不挨餓，就是老天爺給的最大恩賜，如今這蔥油餅卻成了人們嘴饞時的點心。當我咬下的第一口，心抽了一抽，在海風的吹拂下，這片蔥油餅竟然有了一點鹹鹹澀澀的滋味。

大海離車站不遠，走在堤防上，天色灰濛濛的，向無垠的大海遠遠望去，琉球島在一片薄霧裡縹緲著，如真似幻。太陽底下，一名老人站在堤岸邊，身旁停放著一台老舊腳踏車，呆若木雞地凝望著大海，黝黑枯瘦的身形，彷彿一陣海風襲來，一不小心就會墜入了大海。經過時，看了他一眼，那雙空洞茫然的眼神，道盡枋寮小鎮的蒼涼落寞。沿著海堤走到漁港，幾艘漁船停泊在港邊，隨風擺盪著，像是對這人煙罕至的小鎮，空洞無力的呻吟。

在清康熙年間，枋寮為一蓊鬱密林地，當時即有漳州人渡海來此開墾，康熙末年為採軍船用料，遂派遣樵匠抵此伐木，他們鋸板搭寮製材，再以船隻運回大陸，因人數逐漸增加，慢慢形成了聚落，故將此地命名為「枋寮」或「板寮」。

枋寮位於臺灣屏東縣西部中段偏南，西南濱臨臺灣海峽，南接枋山，是連接屏東平原與恆春半島的中介點，也是西部鐵路的終點，現為南迴鐵路連接東部鐵路的起點，是屏東縣境內的第三大站。

因為沒有交通工具，只好走馬看花四處看看。堤岸邊幾家旅店關門歇業中，或許平日沒有遊客，只有節慶假日才營業吧！德興宮安靜地矗立在海堤邊，在日出月落裡護佑著鄉民，帶給人安靜祥和的力量。路經枋寮國小，適逢下課時間，校地不大，只見三三兩兩的學生在園中玩耍，如今少子化嚴重與人口不斷的外移，偏鄉地區正逐漸走向沒落與凋零。

沿著海堤走了走了許久，直到路徑消失了才沿路折返，在微薄的暮色裡坐車離開了這座純樸小鎮。

旅行，對我來說，是沉澱思緒最好的方式，一趟枋寮之行，讓我在寂靜冷清的小鎮裡，找到了生活中真正的閒適自在。

天地有大美

走入耳順之年，對澄靜的鄉居生活有一種嚮往。

南投水里上安村的老五民宿，座落於玉山山脈山腳與陳有蘭溪畔，在蓊鬱山林與溪水潺湲懷抱下，山中小屋有著遠離塵囂的寧靜與愜意。

民宿設計風格，融合了日式建築的幽雅閑靜與唐風的詩意，院落裡遍植的五葉松、柳樹與各種花卉，伴隨著小溪流潺潺水聲與蛙鳴鳥叫，春天空靈幽靜的氛圍，讓人陶然。

「道由白雲盡，春與青溪長。時有落花至，遠隨流水香。」萍水相逢的風景，竟使心中有著莫名的歡喜。

院落的廊簷下垂掛著兩串大小不一的風鈴，風鈴由五條圓柱形的鋼管組成，每當清風吹拂，便叮叮噹噹地響起，悠長悅耳的聲音迴盪在院落裡，如寺廟的暮鼓晨鐘般有著靜心、祈福的禪意。我想買一串回家，掛在陽台上，詢問之下，居然要價兩萬元，只好作罷。

山巒上氤氳雲氣，如縷縷清煙，幽幽蕩蕩，在時光裡來去不受羈絆，我想，生命也該如流雲一般，有吟嘯自如的豪情吧！看著陽光下，民宿主人飼養的三條狗兒，開心地在草地上追逐嬉戲，並不時跳進小溪流裡玩耍，起身一抖，甩一甩水花，就又跑進水塘邊去抓青蛙了。生命的飛揚喜悅與悲憫酸辛，都讓人感到不可思議啊！

「溪花與禪意，相對亦忘言。」我獨坐在院落的小亭，了無私念……

隔日近午時分我們離開了南投老五民宿，驅車來到了信義鄉的雙龍部落。雙龍部落座落於陳有蘭溪與沙里仙溪交會處，屬濁水溪上游南岸的河階地，為最接近玉山主峰的布農族部落，隔著濁水溪與達瑪巒部落遙遙相望，以雙龍吊橋做為兩部落之間的聯繫道路。

雙龍部落原始族語名稱為「荒僻」，早期居住在南投信義鄉一帶的布農族人，其原居地為地利村，後因耕地荒廢，輪耕地不足而陸續遷徙至雙龍。昭和時代，日本政府為了方便管理族人，遂將散居於深山裡十六個部落的布農族人集中遷居於雙龍，改名人和村，一九五八年國民政府於此成立了新的行政村，因境內有雙龍瀑布，故更名為雙龍村，並沿用至今。

居民只有八百多人的雙龍部落，大多是布農族人，境內的雙龍七彩吊橋為知名景點，全長三四二公尺，為全國最長、最高的吊橋。雙龍是一個山中的小部落，境內道路彎曲狹窄，因此禁止私人車輛進入，除非是當地居民或是住在雙龍民宿的旅客，外來遊客若要去雙龍七彩吊橋可將車子停放在停車場，然後搭接駁車進入。

我們事先預訂了民宿，車子進入雙龍部落辦理好入住手續便趕緊帶著自己的隨身物品前往七彩吊橋，因為下午三點半過後，景區將關閉禁止遊客進入。

由民宿走去雙龍吊橋，幾乎全是上坡路段與階梯，我們從民宿走了將近一個小時才到達吊橋的入口處，只記得當下我雙腿發軟差點昏倒，而且一路爬坡向上，幾乎沒停下來休息過，即使日行萬步的我，也大喊吃不消。

這座新建的彩虹七彩吊橋橫跨在峽谷兩岸，遊客可低頭俯瞰雙龍峽谷的壯麗風光，但橋面離河谷高達一百一十公尺，大約有三十層樓高的距離，且行走其上，橋身左右搖晃讓人膽戰心驚，有懼高的遊客，抓著鋼索，閉著眼睛，摸索前行，膽子大的，不但俯瞰深谷，還能放開手來個三連拍呢！我是連往橋下望一眼的勇氣都沒，更別說擺pose拍照了。不過佇足於橋上，面對四周的壯闊山巒，巨岩深壑，我想任何人都會忍不住，想要向著它大叫幾聲吧。

離開了雙龍吊橋，我們漫步在瀰漫著春天氣息的小徑上，晴和的陽光四處照臨，悠悠無盡。面對這樸質寧謐的小村落，無端想起蘇軾前赤壁賦的詞：「自其變者而觀之，則天地曾不能以一瞬，自其不變者觀之，則物與我皆無盡也。」但願我們都能以豁達的胸懷面對俗塵裡的愛憎與怨忿，走出一個至極美善的寬闊世界，俯仰自得。

隱身於叢山峻嶺之間，位於濁水溪上游河谷的雙龍部落，放眼望去，四周盡是連綿不斷的蒼綠高山，錯錯落落的一片峰巒在煙嵐雲嶂裡乍明乍滅，像一個遠離紛華嘈雜的世外桃源。部落、山林、峽谷、瀑布與吊橋，莊子說的「天地有大美而不言」，在此不言而喻了。

「羈鳥戀舊林，池魚思故淵。」說的是生命在繁華落盡後，渴慕大自然的淡泊悠遠之情，我們看山的質樸沉靜，看雲的自在來去，彷彿塵世裡的罣礙纏縛都可以放下了。

南園

趁清明假期學校放假，北上與孩子相聚，女兒事先預訂了新竹「南園」全家兩天一夜的旅遊。我們一早坐高鐵到新竹，飯店的車來接我們入園，從新竹高鐵站到南園約半個鐘頭的車程。

到了南園已是午後一點，我們辦完入住手續，貼心的服務人員送來熱毛巾與熱茶，讓我們稍事休息，下午三點，餐廳安排了一份精緻的下午茶，四點，我們跟隨導覽參訪南園建築。

佔地二十七公頃的南園，在新竹新埔鄉，依山傍谷而建，蓊鬱山林，青翠耀眼，空氣爽冽清新，讓人忍不住深深猛吸，女兒問：「南園的空氣裡瀰漫著一股青草的清香，你們聞到了嗎？」的確是啊，我這一陣子因空氣污染而引起的咳嗽，到了這裡居然不咳了，真的神奇啊！

由於王惕吾先生是浙江人，所以南園融合了江南園林與閩南建築的特色，當年委請建築師漢寶德設計籌建，在一九八五年興建完工。南園的建築大多選用珍貴的台灣檜木，依循中國建築古法，樑柱之間利用卡榫相接，完全沒有一根釘子，並選用吉祥圖案的樟木木雕來裝飾，每個窗花與門都有不同的象徵意義。如：瓶形門代表出入平安，祥雲窗代表吉祥如意，葫蘆窗代表福氣滿門，大家嘖嘖稱奇，直說中國傳統林園建築之巧思真的創意十足呢！

據說南園當初是聯合報董事長王必成等兄弟為了父親，也就是聯合報創辦人王惕吾先生退隱後安享晚年所建。但在王惕吾先生去世後，他的家人便鮮少來此。取名「南園」是為了紀念王惕吾的父親王芾南而來。

南園亦為聯合報的員工休閒中心，當年並未對外開放，由於經年日曬雨淋，早已斑駁傾腐，直到二〇〇七年The One團隊接手南園，斥資一億多元，循古修復，才在二〇〇八年正式對外開放。南樓是南園的主建物，園中南樓一樓的宴客廳還曾經接待過戈巴契夫、柴契爾夫人與各國政要，一經導覽人員解說，大家紛紛拿起手機猛拍，想像那曾經走過的歲月風華。

園中的建築有傳統中國園林之特色，亭台樓閣、堂榭廊橋，雕樑畫棟，精密的雕功，細緻入微，看得出南園當年的繁華勝景，如今前人已去，樓庭斑斑剝剝，當我們穿梭在古老林園，攀爬在迂迴歧曲的石階上，仿若穿越時空，化身古人，走入了前世的江南。園區三面環山，風景秀麗，放眼望去，層層疊疊一片蒼綠，令人心曠神怡！整個南園在建築師漢寶德先生精心設計下，聘用了上百名精湛的木工與雕刻師，用了一年半的時間完成。南園內閩式建築的紅磚紅瓦與馬背、燕尾、懸魚、窗花與門洞等都極具特色與巧思，讓人印象深刻。

你想看看蓊鬱山林裡的江南園林之美嗎？你喜歡那一片錯錯落落，在煙嵐雲嶂忽明忽滅的庭園樓閣之優雅風韶嗎?南園是一個可以讓你放鬆心緒的禪林世界,彷彿生命中所有的牽絆都不可羈縛了。

喜歡李白的一首詩〈敬亭獨坐〉:

眾鳥高飛盡,孤雲獨去閒;
相看兩不厭,只有敬亭山。

當繁華已去,一切歸於沈寂,南園留下了王惕吾先生最後的身影,這裡有他思鄉的落寞情懷,有他對山林的真情流露,在頻頻回首的人生道路上,南園給了他一份喜悅與感悟,那是他記憶中永恆的圖騰。我想,在王惕吾先生的心中,相看兩不厭的只有那南園吧!

五條港漁村

記憶中有一段難忘的風景，多年來，一直在心中迴旋不去。

曾在就讀屏大中文研究所期間，選修了黃文車老師在中文系開的一門「閩南語專題研究」的課程，上課地點是為期十天的馬來西亞新紀元大學。當時華文系與中文系共有十二名同學參加，其中有兩天的課程我們需坐船到五條港漁村做實景探查，也是此行最讓人戀戀難忘的一段旅程。感謝屏大與黃文車老師精心設計的此一校外教學課程，除了讓我們對馬來西亞的華文教育有了更深一層的認識，更讓我們在大自然循環升息中，體悟出生命相依相生和諧共處的智慧。

馬來西亞五條港漁村，是位於雪蘭莪州巴生港的一個小漁村，與吉膽島毗鄰。巴生港口外的流域分為五條，五條港位於這五條流域的最尾端，因此稱為五條港。五條港漁村距今已有一百多年的歷史，漁村是一沼澤之地，當我們乘快艇到達五條港碼頭之後，映入眼簾的是一棟棟色彩繽紛的高腳屋，頗有馬爾地夫的浪漫風情，適逢退潮，沼澤地上到處可見小螃蟹和彈跳魚，整個村落被大海與紅樹林包圍著，村民與遊客進出五條港漁村必須搭船或快艇，由於交通、就學均不方便，所以居民大多已遷移至附近的城市居住，村內只剩下了老人與小孩。

如今約有七百五十名居民的五條港漁村，村民全部來自於福建，以漁業為生。島上只有一所小學（新民國小），孩子小學畢業後，必須轉往他處就學。

五條港的居民主要以討海為生，五條港外的海域有「大流」漲潮期與「死流」退潮期之分，每個月農曆初一和十五的前後三天為「大流」，此時島上居民就會出海捕魚，為期一個星期，因此當大流來襲，島上便異常沈寂，商店與餐廳也幾乎關門歇業，直到討海居民回來為止。

五條港漁村兩天一夜的鄉野踏查，我們當天住宿的「南方小屋」是島上一間浪漫的民宿，老闆為一年輕人，曾經在台灣讀大學，畢業後回到土生土長的五條港經營民宿，與屏大的文車老師是舊識，由於該民宿風評不錯，經常是一宿難求，所以老師在我們出發的前幾個月，便與民宿主人預定了房間，當初老師把「南方小屋」的照片po上網給大家看的時候，全班同學莫不驚聲連連，這間浪漫風情的南方小屋，背臨一大片的紅樹林，置身其中，彷彿還聽得到鳥兒的唧啾，屋前不遠處，寂靜港灣上散落的點點漁舟，在餘暉裡訴說著曾經的繁華與滄桑！這情景頗似韋應物的一首詩：

獨憐幽草澗邊生，上有黃鸝深樹鳴。
春潮帶雨晚來急，野渡無人舟自橫。

我最喜歡站在南方小屋前，眺望一望無際的大海，日落時分，漫天飛舞的彩霞，似一幅色彩繽紛的畫布，讓人讚嘆造物者的鬼斧神工與天地之奧妙，夏風清涼如水，使人神清氣爽，似乎所有的鬱悶都廓清了。生活中蕪雜總讓人心煩意亂，當你面對寧靜的大海，彷彿生命中所有的不如意都放下了。

我很喜歡蔣勳書中的一句話：

「我們有時候覺得空虛，覺得生活的無奈，是不是因為我們沒有真正參加到生活中去？對生活而言，好像我們只是一個不關痛癢的旁觀者。」

你對生命感到沉苦與無奈嗎？那就去看看大海吧！海的寧靜，是一種經過驚濤駭浪後的安詳，就像人生經歷過大悲大喜之後，所有的苦都沈澱成為一種澄靜與釋然！

去看海吧！或許它會為你找到生命的下一個渡口！

旮旯子

座落在高雄前鎮中華五路的君毅正勤社區，為一具有近三十年歷史的老舊國宅，地處價值不菲的高雄亞灣區，可俯瞰美麗的高雄港，附近有台塑昆仲公園、好市多、夢時代百貨以及家樂福與IKEA，娛樂休閒兼具，交通有捷運、輕軌與公車，交通網絡的便利以及盡收眼底的亞灣美景，假日經常吸引許多遊客前來，熱鬧非凡，更有數棟豪宅貫穿其中，為頗具經濟價值與投資發展的精華地段。

居住在社區中的第一代外省族群大多已凋零，現居於此的大都是外省第二、三代和少數的外來客，因此社區內依然飄蕩著濃濃的外省風情，一樓各式各樣的店鋪雜陳其中，顧客依舊為社區內的千戶居民，少有外來客，雖然附近林立著大賣場與百貨公司等熱鬧商圈，但在一般人眼中它不過是一個風華已去的老舊社區。自從父母相繼離去後，我便少有機會再踏足於此，但每次只要騎車經過還是不免會凝眸片刻，浮雲遊子思鄉的惆悵，經過無數歲月的流轉，始終深印腦海，這或許就是所謂的鄉愁吧。

一天騎車經過，見國宅社區的一間老舊店鋪已改頭換面成了一家甜點咖啡店「GALAKO旮旯子」，奶茶色系的精緻木作門面，配上大片玻璃窗框，在暖暖春日，帶給人一種寧謐的幸福感，上網查看，原來這是一家新開幕的咖啡店，更是許多網美的打卡新地標。好奇心的驅使下，我將車停妥準備入內一探究竟。

時尚簡約的設計風格讓人眼睛一亮，店內空間不大，隔成兩個區塊，一半是工作吧台與蛋糕甜點玻璃櫃，另一半空間只有五張小桌，僅可容十個人落座，我點了一個杏仁可頌與可可拿鐵，順便與女主人閒聊了一會兒，約略了解了一下他們的創業動機。這對年輕夫妻，先生是香港人，因為女孩喜歡吃可頌，因此兩人遠赴澳洲學習甜點製作，他們邊打工邊學，一待五年，技術熟成之後回到家鄉開創自己的甜點事業，男主人負責每日的現烤可頌和各式甜點，女主人負責沖煮咖啡與調製飲品。

我問為何取名「旮旯子」，讓人既看不懂也不會唸，女孩說「旮旯」唸「ㄍㄚ ㄌㄚˊ」是偏僻角落的意思，「子」意指孩子，所以「旮旯子」就是角落的孩子的意思。為什麼會選擇在老舊社區開店，我想也許夫妻兩人個性都安靜低調，店名「旯旮子」正好賦予了繁華喧囂之外的另一種生活美學。

店內牆壁是規則不一的奶茶色系，牆上三幅畫作，是男主人自己親繪的，可愛逗趣的模樣，讓人不禁會心一笑。狹長小巧的店鋪整建而成的咖啡館，只有吧台前的五張小桌與吧台後方的半開放式廚房，陽光透過大片玻璃自窗外撒落進來，將「旯旮子」小咖啡館創造出一個溫暖而明亮的空間。

店內消費族群大都為年輕人，為老舊社區注入一股清新的氣息，由於座位有限，每人消費時間限定為九十分鐘，且不提供洗手間使用，但可帶毛小孩入內，只要能乖乖繫好繩子不亂跑就好，這一點倒是蠻貼心的地方。至於甜點蛋糕與飲料部分，個人覺得可頌相當不錯，口感外酥內軟，清爽不油膩且有濃濃的奶香，豐富的層次感讓人讚不絕口，畢竟這是他們店內的主打商品，再搭配上一杯咖啡或可可，可真的是絕配呢！至於蛋糕就毫無讓人驚艷之處，應該還有許多可改進的空間。

「旯旮子」身處老舊社區毫不起眼的一角，卻能在短短兩個月內創造人潮不歇的盛況，實屬難能可貴，無論假日或平日均一位難求，店家不接受電話訂位與外送服務，若想嚐鮮就得平日去碰碰運氣，否則就只能外帶了。

君毅正勤國宅附近都是熱鬧商圈，除了河岸對面夢時代的星巴克之外，沒有其他咖啡館駐足於此，星巴克位於百貨商場內，人來人往環境嘈雜，「旯旮子」的靜謐氛圍，正好提供了人們一處安靜談心的空間，你可以跟朋友一起來，也可以一個人來，喝杯咖啡配一個甜點，度過一個悠閒的午後時光，彷彿一腦袋的渾沌瞬間清明了起來。

店內的藤製照明燈與復古陶製杯盤，無疑增添了東方傳統藝術的魅力，乍然初見，彷彿時光又回到了童年，除此之外，簡潔的木作裝潢與自繪畫作又充斥著西方元素，不侷限於傳統的設計概念，或許這獨特的創意風格正是「旯旮子」之魅力所在。我想這證明了老舊社區依然能發揮其獨特風格，與年輕時尚潮流接軌的最佳的例子。

欣見老國宅有新創的產業進駐，讓人潮往這裡聚集，不僅吸引在地人的青睞也能受到外來客的喜愛，帶來全新的商機，而不是任由老舊社區，隨歲月走入歷史的洪流中。「旯旮子」的創業成功，實現了老國宅其獨特的再生之路，相信不久的將來，將會有更多具有獨特性的創意工作坊進駐，讓荒廢老宅重新找出空間再利用的價值。

石板屋

石板屋是台灣原住民排灣族及魯凱族用石板所建造的傳統住屋。在就讀中正大學台文創應研究所期間，全班同學曾跟隨老師實際走訪了一趟泰武鄉舊佳平部落做鄉野踏查。當地頭目引領我們來到一棟被完整保留下來的石板屋前，為我們一一詳細解說，讓從小生長在都市裡的我們，對居住在山林裡的原住民石板屋有了更深一層的認識。回顧石板屋曾走過的豐美歲月，不禁為如今的荒蕪慨嘆萬千！

台灣原住民聚落多位於僻遠山區，幅員遼闊交通不便，生活機能均仰賴大自然的供給，飲食靠狩獵、魚蝦、野菜自給自足，居屋以山林中的天然石板、木材、茅草搭建，其敬畏天地，樂天知命的原始性格，建構出最純真樸實的傳統文化特質。

原住民以大木為樑，鑿石為瓦搭建石板屋的族群有泰雅族、布農族、魯凱族與排灣族，此四族群因居住領域位於中央山脈板岩分布地帶，黑灰板岩及頁岩取得十分便利，經過簡易加工，形成規則片狀之石板，然後堆砌而成家屋。石板大都是板岩與頁岩，皆是族人費盡千辛萬苦從僻遠的河谷一片片搬運回來，然後以石材的硬度做區分，色澤黝黑重量較重，反光效果良好，敲擊的聲音脆且堅硬不易脆裂，質地細密，可做為祖靈柱、屋頂石板、寢床、隔間板等。相對石材重量較輕，色澤較淡易脆裂，敲擊時聲音悶重，表面不夠光滑且會掉屑的石片，則拿來當做灶台、側牆、屋緣壓石或拿來鋪設村莊的道路。除了祖靈柱，石板屋的屋頂、寢床、兩側屋牆等，需要大量的石板，因此族人通常在農閒時去採集石材，待數量足夠了便可與部落中的族人以換工的方式，將一片片石材運回部落。

建造家屋的石材並無大小、形狀的嚴格限制，但用來支撐屋脊脊樑的祖靈柱是家屋最基本也最重要的工作，必須要經過審慎挑選且為質地堅硬的黑頁岩才行。建造石板屋所需要的木材，是在石材數量已足夠時，才會開始準備尋找。排灣族的頭目對土地與山林資源有管轄之權，所以採集木材需經過頭目的許可方可進行。樹材的選擇上得經過精挑細選，有櫸樹、牛樟樹、茄冬樹、檜木等，樹材與數量必須經過頭目貴族的決定，並在樹種上做上記號才可砍伐取用。

石板屋之所以能「冬暖夏涼」，是因石板厚，夏天隔熱、冬天保溫，屋內設有火爐，用來煮食、取暖，燃燒木材飄出來的煙可讓木頭防腐、防蟲。至於在屋中生火卻不會嗆鼻，是因為石板相互堆疊不用任何膠著物，因此石板之間會有縫隙，煙可順著石板縫隙排放出去，像一自然天成的煙囪，所以說石板屋是一棟會呼吸的房屋。

相傳以前原住民的住屋常因下雨而漏水，以石板搭建的房舍，由於屋頂的外型有如百步蛇的鱗片，雨水會沿著鱗片外緣流下去，可以徹底改善下雨天漏水的問題，此建築靈感傳說是來自於排灣族百步蛇身上的鱗片排列啟示而來。遠在十六世紀前的西方海權強國，如荷蘭、西班牙來到台灣時，看到原住民各族的家屋早已擺脫樹洞而息的居住方式，尤以使用板岩或頁岩作為主要建材的石板屋深感不可思議。

台灣原住民四百年來受到殖民者的入侵與干預，從清代「開山撫番」、日據時期「強迫性遷徙」到國民政府「新山村計畫」，徹底摧毀了原住民與大自然山林的連結，他們被迫遠離家園，流落異鄉。他們在快速發展的現代化腳步與社會環境的變遷中，從群聚部落走向散居的個體，在走向現代化的同時亦代表宣告與過去的斷裂，傳統文化付諸闕如亦是無法避免的殘酷事實。

石板屋它不僅是一個地理空間的意象，亦承載著族群的傳統文化與生活記憶，它是祖先的智慧與歷史地景的圖像。目前在老七佳部落石板屋群仍保有近五十棟完整的石板屋，為原住民現存石板屋保存最完整的地方，是臺灣原住民族的珍貴文化資產，它真正的精神與內涵值得我們珍惜與重視。

原住民的傳統生活與大自然息息相關，他們求生存的本能與意志，以及運用環境的智慧，塑造出他們獨特的傳統文化。具有創意與藝術價值的石板屋，是族人團結互助的部落文化的展演，我們由此可感受到原住民祖先創建家園的艱辛與智慧，以及族群文化的特殊性。石板屋的保存與維護，不只具有重建原住民歷史，提升族群文化與意識的功能，更為台灣多元種族文化發展提供了獨特的樣貌。這個空間的建置，不但提供了原住民族了解了自身部落文化的方式，相對的也開啟了一九四九年隨國民政府來台的外省族群，一個追尋自我文化可以借境懷想的虛擬空間。

隨著歲月遷流與外來文化的衝擊，原住民改變了他們原始的生活型態，為了生活他們被迫離開了祖居地——大自然山林，回到漢人社會，但我們仍可透過被保留下來的傳統建築，窺見當年族群生活的樣貌與家屋的建築特色及意涵。當原住民與漢人的邊界消失，我們越過時空的藩籬重新面對過去歷史的軌轍，原住民傳統建築帶給我們真正的省思，應是他們對大自然的敬重與樂天謙卑的純真性格。

疫情六章

1. 卷帷望月空長嘆

日色昏暝，大雨滂沱，我陷溺在感官的茫然中，心中波濤洶湧，不能自己。疫情升溫，雙北成了重災區，雙北市長宣布將進行「四級警戒兵推」，為封城做準備。

昨晚打line給兩個孩子，要他們準備一點食物儲存，萬一封城，一星期只能出門三次，女兒說蔬菜不愁，因為公婆在汐止山上有菜園，自己自足沒什麼問題，只要買一些魚肉冰凍起來就好，她和先生會找時間去河濱公園運動，要我不要擔心。

兒子已在家上班了兩個星期，什麼時候能回公司要視疫情狀況而定。他說每天中餐出外買便當，晚上自己燒，沒辦法去健身房運動，人已胖了一圈。

昨天週末，女兒女婿買了艾美的烤鴨與公婆種的小黃瓜、筍子、青菜去兒子家聚餐，餐後三人一起看了一部電影，女兒說，如果我也在台北該多好，如今一家人不知道何時才能再聚了。我五月初曾回台北和孩子小聚幾天，因台北疫情嚴重，孩子要我趕快回高雄。

美國的朋友說，他們已經一年半沒見到自己的孩子了，這是一場長期爭戰，叫我要有心理準備。

「孤燈不明思欲絕，卷帷望月空長嘆。」

「天長路遠魂飛苦，夢魂不到關山難。長相思，摧心肝。」

李白的〈長相思〉道盡了我心中綿綿無盡的思念。

窗外的雨緩和了，不似之前的淒厲欲絕，我放下茶盞，走向窗前，凝視日光穿透厚重雲層，露出的一絲笑臉，彷彿有了些微的安慰。

2. 祈願眾生平安

因為疫情的擴散，早晨住家旁的公園，一片靜悄。兒童遊樂場被繫上一圈圈的黃色封條，一個年幼的小女孩，站在溜滑梯前，用她茫然的眼神問媽媽：「我什麼時候可以再去玩？」媽媽不語，俯身抱起她快速離去。

附近的早市前天發現了確診病例，報導一出來，周遭住戶嚇得魂飛魄散，大家再也不敢出門買菜。早上我騎車經過，整條街道空無一人，除了一攤賣雞蛋的老伯仍在固守著他的這一片疆土，其他幾攤賣魚賣菜的攤販已暫時休息不做生意了，我買了十顆雞蛋回家，冰箱還有一些青菜與肉，還夠自己餬口過幾天日子。

下午妹妹約了大家去她家包包子，二姐攪了粉絲肉餡，哥哥帶來一包中筋麵粉，在餐桌上和水擀皮，二姐與我把一個個包好的包子放在一旁靜置，麵醒好了拿去蒸籠用大火蒸十分鐘，然後熄火靜置十五分鐘，一個個熱騰騰的包子就出爐了，大家趁熱吃了幾個當點心。傍晚離開時，二姐幫我和哥哥各裝了幾個包子帶回家當明天的午餐。

哥哥見太陽下山了，說要去公園快走五千步再回家。他不為疫情嚴重所懼，依然每天早晚各走五千步，維持日走萬步的習慣，週末再與朋友一起去爬柴山，這是他因總統大選從大陸回來至今，不曾間斷的運動習慣。健身房因疫情暫時關閉，我的運動場變成了住家旁的公園與家裡的客廳，我習慣每天傍晚去公園快走半個小時，早上在客廳的瑜伽墊上做拉筋伸展，利用啞鈴練肌耐力，雖然效果不如健身房，但非常時期也只能將就點了。

自從疫情日趨嚴重，鄰居見了面以點頭代替問候，進了電梯保持距離不敢交談，不像從前大家碰了面，總要開心地說說話聊聊近況才回家，誰家有了好吃的東西，一定熱心地分送左鄰右舍，如今一個新冠肺炎無情地拉開了人與人之間的距離，澆熄了彼此情同手足的關懷與熱情，我們惶惶不安，度日如年。

曾經讀過杜甫的一首詩——〈客至〉：

舍南舍北皆春水，但見群鷗日日來。
花徑不曾緣客掃，蓬門今始為君開。
盤飧市遠無兼味，樽酒家貧只舊醅。
肯與鄰翁相對飲，隔籬呼取盡餘杯。

如今再讀慨嘆萬千，我們何時才能再有客至歡愉的好心情？相信寒冬即將過去，春天就要來臨。疫情方興未艾，祈願眾生都平安。

3. 幽林歸獨臥

面對來勢洶洶的新疫情時代，人人惶惶不安，該如何自處？晨起，禱告，聽詩歌，祈禱眾生都平安，願上帝的愛成為我隨時的幫助與力量。

窗邊吃早餐，窗外藍天與流雲，慵懶散漫，在闃寂的海上，浮浮盪盪。晨起運動的人群不見了，公園太安靜，樹上的鳥鳴成了唯一的天籟。瑜伽墊上靜坐，早晨和煦的陽光舔在身上，漸漸漫進心底，「心」覺出了重量，不再虛空。

「幽林歸獨臥，滯虛洗孤清。」疫情嚴峻不歇，沒事宅在家成了全民共識，這首詩是張九齡歸隱後的自我心境，此刻的我，內心寂靜無波，不就像一個清高孤寂的隱士嗎？

4. 斜槓人生

好朋友傳來一則訊息，附上多張圖片，問：「姐要買一件來穿嗎？」我仔細一瞧是內衣目錄。

疫情至今已兩月餘，她的工作因而中斷，房貸、車貸、兒子學費毫無著落，心急如焚的她，心想與其日日廢在家，何不另創商機？念頭一轉，開啟斜槓人生，賣起了科技型內衣。

此款內衣有國家級專利科技成分，內衣內襯植入「負離子」能促進胸部血液循環，改善與預防胸部鬆弛。照片中有兩款，細肩帶是一般內衣，寬肩帶可當運動內衣。哇，什麼時候內衣也走向科技化，具有功能性了。

我說，看圖片不準，妳可以穿上拍給我看嗎？她立馬傳來一張自拍照，我眼睛一亮，原來科技型內衣也能做的那麼性感好看，我還以為像古早阿嬤穿的老土內衣呢！立刻回覆：兩套膚色的。

傍晚她開車出來送貨，打電話與我約了時間。

到了樓下看到她後車廂滿滿的盒子，笑說，生意不錯喔！她臉頰綻出縷縷笑紋，開心地說謝謝大家的捧場，自己也沒料到會賣得這麼好呢！我見她走路一跛一跛的，問怎麼了？我知道她的腰椎一向不好，年輕時開刀整治過，醫生交代不能過度操勞，否則容易再度復發。

她一臉苦笑：每天彎著腰整理訂單，還要抽空去廠商批貨，腰椎怎麼會不痛？不過目前大疫當前百業蕭條，我還有機會賺錢已經很開心了！我說萬一賣不掉怎麼辦？這些貨都要買斷的啊！她自信滿滿地說：「這款科技型內衣是有醫療效果的，現在的人注重健康，寧願多花一點錢投資在自己身上，也不要日後把錢白白地送給醫生。」她匆忙把東西給了我，又要準備去下一站送貨了。臨走時交代：「回去穿穿看，尺寸若不合再幫妳換，好穿記得幫我介紹喔！」

她的小白車噗噗地從我身旁而過，夕陽也緩緩地下了山，天空映出一道道灰藍、橙黃的亮光，熱愛生命的她，不就像眼前突然出現的光芒嗎？

人生的旅程中走過闃暗無明的黑夜，黎明將為我們帶來一個全新的生命，只要我們能耐心等待，用毅力堅持下去不絕望，你終將會看見幸福的雲朵，像一個美麗的夢想高掛在那一片湛藍的天空中！

活著，是為了發現生命中更多更多的美好，不是嗎？

5. 度一切苦厄

早晨起床，坐在窗台前看著窗外的藍天與大海，不禁悲從中來！什麼時候開始，我們成了籠中被囚禁的小鳥，插翅難飛。什麼時候開始，我們與家人、孩子、朋友只能靠訊息互道平安。什麼時候開始，我們的生命被逼向孤絕之處，明天在何方？

窗外的風景很安靜，很沉著，藍天裡自由飛翔的鳥雀，港灣上來去自如的行船，生命原本是多麼的華美，多麼值得讚嘆的啊！疫情一波接著一波，來勢洶洶，「苦厄」何時能度過？

南唐李煜亡國後，寫下「夢裡不知身是客，一晌貪歡」，李後主多麼希望能永遠在歡愉的夢裡不再醒來，如今這又何嘗不是你我的奢侈想望呢？

走到陽台看花，七里香、沙漠玫瑰已結滿了花苞，等待一一綻放，在疫情紛擾不安之際，靜觀一朵花的綻放，有了深沉祝福的意義。

6. 桑榆暮景

哥哥定居大陸已二十多年，如今因疫情無法返回北京，一轉眼，春天就要過了，除了心急也別無他法，倒是幾個手足因此多了跟哥哥相聚的時間。

哥哥排行老二，是家中唯一的男丁，今年適逢七十「大壽」，大家說要好好幫他慶祝一番，但二姊說七十是大壽要靜悄悄地過，才能逢凶化吉否極泰來，最後姐妹四個商議結果，決定不買蛋糕不點蠟燭，以聚會之名請哥哥吃一頓豐盛大餐，以示慶祝之意。

哥哥在大陸菸酒不離，以致近年身體健康狀況不佳，這趟回台他把菸酒都戒了，每日在家以茶代酒，想抽菸的時候，就以零食解饞，幾個月下來竟然真的戒菸成功了，至於酒，偶爾淺嚐一兩口，倒是無傷大雅。

我們幾個姐妹除了大姐之外，都與哥哥家相隔不遠，走路五分鐘的路程即可抵達，所以經常沒事就去他家串門子。每次去到哥哥家，總是見他坐在窗邊的書桌上就著一盞檯燈與放大鏡在拓片或刻印章，要不就是躺在床上滑手機，然後就睡著了，嫂嫂說，哥哥整天待在家哪裡都不想去，生活好似失去了朝氣。其實我們都知道，他在想大陸的家。

離開台灣二十多年，異鄉早已成了他的故鄉，那裡有他熟悉的環境與朋友，如今的家鄉因去國多年，早已人事全非，以前的朋友也幾乎都失聯了，難怪他會如此鬱鬱寡歡。大家勸他還是回來台灣，落葉總要歸根啊！而他每次總如此回答：「再看看吧。」

記得辛棄疾有一首詩，讀來讓人唏噓不已！

少日春懷似酒濃，插花走馬醉千鍾。老去逢春如病酒，唯有，茶甌香篆小簾櫳。

卷盡殘花風未定，休恨，花開元自要春風。試問春歸誰得見？飛燕，來時相遇夕陽中。

年少時，生命似春天般的美好，騎馬賞花醉飲千杯，熱鬧繽紛，如今人生已到黃昏，哪能再有年少時的豪情壯志呢？然而，桑榆晚年，焚香飲茶的清幽生活，不也是人生的另一種風景嗎？

國家圖書館出版品預行編目

時光絮語 / 王秀蘭著. -- 臺北市：致出版,
2024.07
面； 公分
ISBN 978-986-5573-87-4(平裝)

863.55 113008638

時光絮語

作　　者／王秀蘭
攝　　影／鐘東楠
出版策劃／致出版
製作銷售／秀威資訊科技股份有限公司
114 台北市內湖區瑞光路76巷69號2樓
電話：+886-2-2796-3638
傳真：+886-2-2796-1377
網路訂購／秀威書店：https://store.showwe.tw
博客來網路書店：https://www.books.com.tw
三民網路書店：https://www.m.sanmin.com.tw
讀冊生活：https://www.taaze.tw

出版日期／2024年7月　　**定價**／350元

致 出 版　　**向出版者致敬**

版權所有・翻印必究　All Rights Reserved
Printed in Taiwan